L'ANGE
ET
LE VIOLONCELLE

CLAIRE RENAUD

L'ANGE
ET
LE VIOLONCELLE

fleuve
ÉDITIONS

FSC
www.fsc.org
MIXTE
Papier issu de sources responsables
FSC® C003309

Fleuve Éditions, une marque d'Univers Poche,
est un éditeur qui s'engage pour
la préservation de l'environnement
et qui utilise du papier fabriqué à partir
de bois provenant de forêts gérées
de manière responsable.

ISBN : 978-2-265-15472-8

Dépôt légal : avril 2020

À Sylvain,
À nos enfants,
À André Gaillet,
dont le père a été trouvé dans un train.
À Jean-Marc Roberts,
« Ce n'est qu'au troisième roman que tu sauras vraiment. »
À Xavier, qui m'a permis de savoir.

« Celui que cet ange a vaincu,
– qui avait si souvent renoncé au combat –
celui-là sort, la tête haute, démarche droite,
sort grand de cette dure main
qui l'épousa comme pour le former.
Les triomphes ne le tentent.
Croître, pour lui : c'est être
profondément vaincu
par une force toujours plus grande. »

Rainer Maria Rilke, *Le Livre d'images*,
« Le contemplateur »

« Il est beau de chercher des adversaires à sa mesure, plutôt que ceux que nous avons déjà vaincus du regard avant même que d'engager la lutte. Mais il est plus beau encore de recevoir un adversaire à sa *démesure*, un adversaire irrésistible, car où, sinon contre lui, pourrons-nous déployer jusqu'à l'inconnu de nos forces ? »

Jean-Louis Chrétien, *Corps à corps*

« Il me poussera d'autres ailes que les anciennes, des ailes qui pourront enfin m'étonner. »

Les Ailes du désir, Wim Wenders

1

Une vie ordinaire

Comme chaque matin, Joseph est réveillé par le départ du train de 6 h 27 pour Nancy. La sonnerie retentit, là-bas, en contrebas, sur le quai, les portes se ferment, les yeux de Joseph s'ouvrent, là-haut, dans son petit appartement d'un immeuble qui donne sur les voies de la gare de l'Est.

Joseph se redresse, pivote, pose ses pieds à terre, les glisse dans ses chaussons et se lève.

Il n'est pas très bien réveillé, mais il n'a pas besoin de l'être. Les gestes sont automatiques : on marche jusqu'à la cuisine, on ouvre la boîte à café, on dépose quatre cuillerées dans le filtre, une cinquième pour la cafetière, on ajoute trois verres d'eau, et on appuie sur le bouton. On en profite, en attendant que le café coule, pour enfiler l'uniforme de rigueur : pantalon gris, chemise grise, chaussettes noires, chaussures noires. Un peu d'eau sur le visage, un coup de peigne dans une tignasse broussailleuse, on en a fini avec la salle de bains.

On se sert une grande tasse, on l'avale d'un trait, on attrape son trousseau de clés, on claque la porte, on descend six étages et on est dans la rue.

Joseph ne voit pas la clarté d'un ciel, ne sent pas la douceur d'une brise, n'entend pas le chant des oiseaux. Il marche d'un pas régulier vers la gare.

La pluie ne le gêne pas, le soleil ne le réjouit pas non plus, la météo n'a aucune influence sur son moral, s'il en a un.

Joseph distingue l'été de l'hiver par les frissons qui couvrent ses bras ou les gouttelettes de sueur qui perlent à son front. Il enfile sa parka grise quand il frissonne. Il la retire quand il sue.

Joseph ne vit pas, Joseph fonctionne.

Joseph est un homme sans histoire. Elles se déploient autour de lui, elles s'accrochent à d'autres héros, elles se servent d'autres éléments, elles glissent sur Joseph, il les décourage.

Sa vie n'est pas malheureuse. Sa vie n'est pas triste. Sa vie est vide.

Joseph a cinquante ans, un physique d'homme de la terre et des arbres qu'elle fait pousser. Il est massif, charpenté, bâti. Un grand corps, de solides épaules, une tête ronde déplumée posée directement sur son buste, sans qu'un cou, invisible, semble la soutenir. Des mains larges aux paumes rugueuses, des yeux foncés, des pieds immenses.

Joseph travaille au service des objets trouvés de la gare de l'Est. C'est à lui qu'on ramène tout ce que les gens oublient dans les trains ou sur les quais. Le soir venu, il fait le tour des wagons vides stationnés dans la gare pour récupérer les derniers objets laissés sous les banquettes, dans les porte-bagages ou parfois même dans les toilettes. Et il arpente les quais à la recherche des étuis à guitare, des ordinateurs portables dans leur pochette, des livres abandonnés, des boucles d'oreilles orphelines.

Professionnellement, Joseph est un employé « modèle » : il est toujours à l'heure, il ne râle jamais, il prend très peu de vacances, il répertorie dans l'ordinateur tous les objets qu'il trouve, il leur accroche une étiquette avec un numéro et les range dans des étagères avec un classement efficace : appareils électroniques, doudous, instruments de musique, sacs à main, valises pleines, il tient une comptabilité parfaite. C'est fou ce que les gens perdent et oublient. Les étagères débordent de la négligence de tous. Elles regorgent de leur indifférence. Joseph accumule des morceaux de vie, des traces d'histoires dans un dédale personnel où tout autre que lui se perdrait. Il est le maître de ces tours branlantes, l'officiant de cette drôle de cathédrale aux arcs incertains. Parfois Joseph lève les yeux vers cette voûte branlante et il lui semble que tous ces objets l'étouffent et pourraient l'écraser. Il balaie cette menace en grimpant sur une échelle et en rangeant froidement ce qui dépasse.

Il y a toujours des objets inadéquats. Comme les gens. Un ours en peluche à qui il manque un œil, un collier sans fermoir, un violoncelle avec des cordes en moins, une poussette à trois roues. Des Photomatons découpés, des lettres perdues, ou déchirées. Ces objets-là ont une place à part dans le classement de Joseph. Il les rassemble dans deux étagères en coin, bazar merveilleux où voisinent le précieux et le ravaudé, l'indispensable et le futile, le beau et le laid. C'est là que Joseph se réfugie quand il ne comprend plus à quoi rime la vie, et aussi sa vie. Dans cet amas hétéroclite, il peut espérer que lui aussi a une place. Que les choses abîmées, au nombre desquelles il se compte, ont malgré tout droit à une forme d'existence.

Une existence classée, droite, taiseuse. Joseph ne vole pas, ne revend pas ce que personne n'est venu chercher, emmène chaque mois son butin à une association qui le redistribue, il fait son devoir sans un mot plus haut que l'autre. D'ailleurs il n'a pas de mots tout court. Il parle très peu.

Ce matin-là, Joseph entre dans la gare de l'Est. Quelques magasins sont ouverts : la presse, où il prend son journal dans le présentoir, laisse un euro et reçoit un signe de la main d'Amin, qui range dans les rayons les magazines arrivés du matin. Le snack est sa deuxième halte. Joseph s'installe à une table haute. Adèle ne tarde pas à arriver avec un café chaud, sans sucre, et un croissant.

— Bonjour, Joseph. Ça va bien ce matin ?

Adèle est une femme forte et une forte femme de quarante-sept ans, tout en blondeur, en grâce et en générosité. Elle finit chaque jour les viennoiseries invendues, elle en donne aussi, mais il en reste toujours une ou deux qui lui font de l'œil, ce n'est pas ce qu'il y a de mieux pour sa ligne, elle le reconnaît volontiers. Après, comme elle dit, on n'est jamais vraiment comme on voudrait être, ou trop grosse, ou trop petite, ou les cheveux trop raides, ou les yeux trop rapprochés, ou le nez trop énorme, alors vaut mieux s'accepter telle qu'on est et se concentrer sur l'essentiel : rendre la vie belle, pour soi et pour les autres. Et y a du boulot !

Avec Joseph, Adèle parle seule. Elle n'attend pas de réponses aux questions qu'elle lui pose, car elle n'en a jamais reçu. C'est comme ça depuis vingt ans. Au début, Adèle s'est un peu formalisée. Elle a insisté, répété ses demandes plusieurs fois, s'est plantée devant lui les mains sur les hanches, n'a pas lâché. Mais Joseph non plus n'a pas lâché son mutisme. Il lui a simplement souri. Alors finalement, elle en a pris son parti. Elle s'est dit que ce n'était pas plus mal un client silencieux, au moins il ne la bassinait pas comme d'autres avec ses marottes, ses conversations sans intérêt ou ses blagues déplacées. Alors elle parle seule à Joseph. Le tient au courant des derniers potins de la gare. De l'actualité. Elle lui donne des nouvelles de sa famille, qu'il ne connaît pas. Mais il continue de lui sourire de son bon sourire. Et de revenir tous les matins à la même heure. Elle se dit qu'elle a un ami, fidèle, mais taiseux.

Après son café, Joseph va ouvrir son guichet, s'installer derrière son comptoir et allumer son ordinateur. Il a un peu de temps pour lui avant que les gens n'arrivent. Il se fait un autre café. Qu'il prend dans son coin à lui, avec ses objets foutraques, son fauteuil, sa couverture et son petit poste de radio. C'est là qu'il fait ses pauses. Et sa sieste quand la nuit a été courte.

À 8 h 30 pile, quelqu'un donne plusieurs coups énervés à la vitre.

« Encore un stressé, se dit Joseph. Un que le rythme parisien dénature. »

Joseph a de plus en plus de mal avec ce monde qui ne prend plus le temps. Il ne comprend plus ces gens qui courent dans tous les sens pour gagner quelques minutes dont ils ne savent d'ailleurs pas quoi faire. Il ne voit pas la finalité de cette agitation vertigineuse, sinon qu'elle rend les gens fous et malheureux.

Joseph ouvre le rideau de fer et fait son bon sourire. Souvent, ça désamorce les plus agressifs. Bon, pas celui-ci. Il a la mèche folle et les dents serrées.

— Eh bien, c'est pas trop tôt !

Joseph sait qu'avec ce genre d'individus, il est inutile de discuter. Il se contente de lui montrer du doigt le panneau avec les horaires d'ouverture. 8 h 30-12 h 30 ; 14 heures-20 heures. Joseph est donc à l'heure. L'homme ne se démonte pas pour autant.

— Vous devez avoir récupéré hier une mallette contenant un ordinateur. C'est mon outil de travail. Il contient des données de la plus haute importance.

Évidemment aucun aveu d'échec. Non, cet homme ne peut pas reconnaître simplement qu'il a été négligent, qu'il a oublié quelque chose. C'est un homme infaillible qui croit à son importance, à sa plus haute importance, même. Il se tient droit et fait de grands gestes. On pourrait le prendre, avec sa prestance et ses « données » pour un agent secret ou un secrétaire d'État. Il doit simplement être comptable. Ou ingénieur. Joseph le regarde avec intérêt et compassion. Comment peut-on oublier à ce point qu'on est mortel et remplaçable ? Et comment peut-on être dans un tel état de nerfs à seulement 8 h 30 du matin ? Dans quelle disposition cet homme finit-il sa journée ?

— Oui, bon, évidemment, à votre niveau, vous ne pouvez pas comprendre ! poursuit l'homme.

Joseph ne relève pas. Il a l'habitude de ces petites piques gratuites. De ces humiliations ordinaires. Le stress fait dire et faire de drôles de choses.

— Vous l'avez ou pas ? Sinon, je vous avertis tout de suite, je porte plainte. Parce qu'on les connaît les bons plans, ni une ni deux je récupère un ordi oublié et que je le refile à un copain qui le revend et hop, j'empoche la moitié de la somme et j'arrondis les fins de mois. Attention, Monsieur, j'ai des amis haut placés !

Joseph ne réagit pas plus. Être accusé de vol est son lot quotidien. Il se contente d'écrire sur un papier qu'il fait glisser au nerveux : marque, modèle, couleur.

Le type remplit la fiche d'une écriture saccadée et la tend de façon autoritaire à celui qu'il considère comme un larbin.

Joseph entre les données dans l'ordinateur, identifie l'objet, va le chercher dans l'étagère et le pose devant l'homme. L'anxieux est un instant désarçonné. Mais se reprend bien vite. Il ne s'excuse pas, ne remercie pas, sort un billet de 5 euros, la somme exacte qu'il faut débourser pour récupérer n'importe quel bien, attrape la mallette et s'en va.

Joseph retourne à son ordinateur. Cet épisode ne l'affecte pas plus que cela. Sa peau s'est épaissie à force. Les flèches ricochent. Joseph est devenu dur. Indifférent. Un hippopotame.

Mais de même que les méchancetés ne l'agressent pas, de même les joies ne l'émeuvent pas non plus. Cette jeune fille qui, quelques heures plus tard, retrouvera sa bague, cadeau de son amoureux, et qui en pleurera de bonheur, le laissera de marbre. Cet enfant qui serrera fort dans ses bras son ours en peluche perdu ne l'ébranlera pas. Ce papi qui récupérera sa canne et repartira sans claudiquer ne le touchera pas davantage. Tout glisse sur l'épaisse carapace que Joseph s'est construite contre le monde. La journée passe sans la moindre émotion.

Il est 22 heures. Joseph effectue un dernier tour, cela ne fait pas partie de son travail, mais cette ronde clôt sa journée et lui permet de rentrer chez lui l'esprit tranquille.

Le premier train est vide. Dans le deuxième, il tombe sur un sac de voyage rempli de vêtements. Il se demande comment cet homme s'habillera demain. Dans le troisième train, rien. Dans le quatrième, une paire de patins à glace traîne dans un filet au-dessus des sièges. Il ne savait pas qu'on faisait encore du patin à glace comme lorsqu'il était petit sur les lacs de montagne. Le quatrième train est vide. Il s'apprête à quitter le cinquième et dernier train sur le même constat quand un léger bruit retient ses pas. Un petit miaulement. Tout petit. À peine audible.

— Encore quelqu'un qui a oublié son chat, peste-t-il. Les gens prennent des animaux et après ils les oublient dans des trains ou les abandonnent sur des aires d'autoroute, marmonne-t-il. Si ce n'est pas malheureux !

Joseph ne parle pas volontiers aux gens, mais il se parle à lui-même, lorsqu'il sait que personne ne l'entend. Ça lui tient ainsi compagnie.

Un nouveau miaulement se fait entendre. Joseph s'approche. Cela semble venir de ce coin-ci. Il se penche. Un panier est caché sous une banquette. Il le tire, écarte les pans d'une vieille couverture écossaise qui le recouvre et une petite tête apparaît.

Joseph hurle. Vraiment. Un grand cri. Qui résonne dans le wagon vide.

— Haaaaaaaa !

Il en a vu des objets perdus de toutes formes, de toutes couleurs. Mais ça, non, jamais !

Car selon toute vraisemblance, ce qui se trouve dans ce panier en osier, c'est un bébé ! Un vrai ! Avec une petite tête ronde, sans cheveux, des yeux fermés, et deux petits poings serrés de part et d'autre de cette petite tête. Et une petite bouche qui tète, alors qu'il n'y a rien à téter, et qui émet de petits bruits dans le sommeil, qui ressemblent à des miaulements de chaton.

Qui serait assez négligent pour oublier son bébé dans un train ? Qui peut perdre la tête au point de partir sans son enfant, la chair de sa chair, son tout-petit ?

— Les gens sont fous, dit Joseph. Le monde est un grand barnum.

Joseph glisse de nouveau un regard vers l'intérieur du couffin. Le bébé dort paisiblement.

Il va le laisser là. Ni vu ni connu. Pas vu pas pris. Après tout, il travaille au service des objets trouvés. Et cette chose-là n'est pas un objet. C'est un bébé. Cela ne relève donc pas de son domaine de compétences.

Voilà. Joseph s'est convaincu lui-même. Son raisonnement est logique. Des prémisses à la conclusion, c'est tout droit, implacable.

En plus, les bébés, c'est petit ces trucs-là, mais c'est une source d'emmerdements maximum. Ça a l'air de rien, mais ça pleure on ne sait pas pourquoi, ça sait rien faire tout seul, ça se salit, ça ne sait pas dire ce dont ça a besoin. Non mon gars, crois-moi, laisse bien cette chose-là où elle est, tu ne t'en porteras que mieux !

Joseph recule à pas de loup. Ça y est, le couffin est hors de sa vue. Mais au moment où il commence à descendre du wagon, il entend à nouveau ce tout petit bruit, cet infime miaulement.

Et l'image surgit, précise. Il a treize ans. La chatte de la ferme vient de mettre bas une portée de sept chatons. Il s'approche. Il voudrait bien en caresser au moins un. Mais sa mère a déjà attrapé les petits animaux dans ses deux mains. L'un miaule particulièrement plus fort que les autres. Joseph n'a pas besoin de demander à sa mère ce qu'elle s'apprête à faire de tous ces petits. Il le sait. À la dureté de ses gestes, et à celle de son regard.

— On en garde un, maman. Juste un. Regarde, celui-là. Allez, s'il te plaît…

— Et pourquoi qu'on garderait celui-là et pas un autre ? Ce serait pas juste !

Et elle disparaît, les mains jointes et pleines, qui reviendront vides. Le miaulement s'éloigne, à jamais.

Non, on ne miaulera pas en vain cette fois-ci ! Quelque chose en Joseph cède. Il ne sait pas pourquoi, il ne sait pas comment, mais tout à coup, il lui paraît évident qu'il ne faut pas laisser l'enfant comme ça dans ce wagon vide. Et que donner une réponse à ce cri-là réparera le miaulement ignoré de naguère. Les deux sons se répondent, même s'il s'agit d'un chaton et d'un bébé.

Il fait demi-tour. Et attrape les deux anses du panier.

— C'est pour une nuit, je te préviens, se croit-il obligé de prévenir l'occupant du couffin en le menaçant d'un doigt dressé et sévère. Tu ne m'auras pas comme ça !

Le bébé n'ouvre même pas les yeux. Joseph repart avec son chargement. Il sort du train, de la gare, avance dans la nuit noire trouée par les lumières des hauts réverbères, remonte sa rue, gravit les six étages de son immeuble, ouvre sa porte et pose son fardeau sur son lit.

Pour la première fois de sa vie, une histoire entre dans la vie de Joseph.

2

Petit, mais costaud

Joseph tourne en rond dans sa chambre. Il est bien embarrassé d'avoir ce petit quelqu'un chez lui. Il n'a jamais laissé entrer personne dans son appartement. Et là, ce couffin trône sur son lit et le perturbe. Quelle idée il a eue !

Bon, il n'y a qu'une nuit à passer, quelques heures à tenir et tout rentrera dans l'ordre. Demain, il rendra l'enfant et la vie reprendra comme avant.

Joseph se penche sur le panier. L'enfant dort. Il ne bouge pas d'un pouce. Il est tout tranquille. C'est beau tout de même un enfant qui dort. Cet abandon, cette confiance, qui disparaissent avec l'âge. Le sommeil des adultes est toujours chargé de rêves et de remous, comme en vigie permanente. Cet enfant est absolument et entièrement dans la quiétude. Mais peut-être l'est-il trop ? Et soudain Joseph se met à paniquer. Il s'éloigne du couffin en se tapant le front. Et s'il était arrivé quelque chose de grave ? Et si ce bébé ne vivait plus ? Joseph n'ose pas le toucher directement. Il secoue légèrement le couffin. Le bébé remue un peu, mais ne se réveille pas.

Joseph met sa main devant la bouche de l'enfant. Il croit sentir un petit souffle, mais tellement ténu qu'il n'en est pas sûr.

Il va chercher le miroir qui se trouve dans sa salle de bains et le place devant la petite bouche. Une légère buée vient troubler la surface lisse. Il est vivant. Ouf !

« Bon, se dit Joseph, c'est une nuit ordinaire dans une vie ordinaire. Il faut donc tout faire comme d'habitude. »

Alors Joseph se met en pyjama, comme tous les soirs, se fait un lait chaud avec du miel, qu'il boit d'un trait, pose le couffin au pied de son lit, se glisse sous les draps et remonte la couverture jusqu'à son menton.

Il a beau faire comme si tout était normal, c'est tout de même très nouveau de dormir à côté d'un nourrisson. De dormir à côté de quelqu'un d'ailleurs. Alors tout doucement, il sort sa grosse main de dessous la couverture et la pose délicatement sur le ventre du bébé. Elle le recouvre tout entier. Joseph sent le petit abdomen qui se soulève à un rythme régulier. Il se souvient de son chien, Biscotte, qui faisait de même devant la cheminée de la ferme. Il se dit que c'est bien petit un bébé. Que c'est minuscule, même. Et que ça peut devenir ensuite un grand gaillard comme lui. On n'est pas grand-chose quand même au commencement ! Il a dû en être ainsi pour lui aussi. Il n'en a aucun souvenir. Le premier souvenir qu'il conserve de son enfance, il est debout, dans la neige. Il a un bonnet vert qui le gratte, avec un pompon, une écharpe assortie, et des moufles rouges. Son anorak est orange. Un sacré mélange de couleurs, pas très heureux. Il essaie d'attraper des flocons, qui fondent inévitablement sur la laine des moufles. Ses bras sont levés vers le ciel. L'image est poétique. Et un peu prophétique aussi. Il se demande s'il n'y a pas là le condensé de toute sa vie future : tenter d'attraper des choses qui se dérobent et disparaissent une fois qu'on les touche. Mais Joseph ne sait pas si son cerveau a conservé cette image de lui-même, ou s'il se l'est appropriée d'après une photo de l'album familial qu'il feuilletait enfant.

Joseph regarde le petit visage de l'enfant. Lui aussi aura une histoire, lui aussi mènera sa vie. Il la lui souhaite meilleure que la sienne. Il faut dire qu'elle commence quand même d'une drôle de façon. Mais la vie prend parfois des sentiers inattendus, des petits chemins escarpés, des raidillons, cela ne présume rien de la suite. D'ailleurs, Joseph se dit que ce serait bien, pour l'enfant, qu'il ait un souvenir de ce moment-là, pour quand il sera grand et se posera des questions. Alors Joseph va chercher son appareil photo en haut de son étroite armoire en chêne, et prend une photo du bébé. C'est dans la boîte. C'est fixé quelque part. C'est réel. Joseph ne rêve pas, même si la nuit avance et que son esprit devient brumeux à cause de la fatigue. Il retourne ranger l'appareil à sa place. Chez Joseph, toutes les choses ont une place, leur place dont elles ne bougent pas. Comme à la gare, finalement. C'est pour mieux les retrouver. Il n'y a rien de pire que perdre. Perdre à jamais. Au moment où il se rassoit sur son lit, il regarde dans le couffin et trouve deux yeux ouverts. Et un petit miaulement qui sort de la bouche. Ce petit chat est bien vivant. Sauvé. Sans trop savoir d'où lui vient cette idée, Joseph attrape un biberon coincé entre le petit matelas et la coque en osier et le glisse dans la bouche du bébé. L'enfant-chat tète consciencieusement. Joseph ne le touche pas. Il se contente de maintenir le biberon vertical. Il se souvient des oiseaux : si on les touche alors qu'ils sont tombés du nid, leur mère ne voudra plus jamais les reprendre. Ils sont marqués par l'odeur humaine et exclus du monde animal. Ils meurent de cet entre-deux délétère. Joseph ne veut pas marquer ce petit être de sa propre infamie. L'enfant-chat se rendort. Non sans sourire de contentement. Un sourire pour personne. On appelle ça le sourire de l'ange.

Au petit matin, Joseph est content d'entendre son train-réveil, de se préparer son café, bref, de retrouver sa petite routine, qui le persuade qu'il s'agit d'un jour comme tous les autres, alors qu'il sait pertinemment qu'un gros, et tout petit à la fois, changement est entré dans sa vie. Qu'il va vite fait bien fait l'en faire sortir.

Il attrape le couffin et descend les marches doucement, avec l'enfant qui dort encore et toujours. « Ça va la vie d'un bébé, c'est cool quand même », se dit Joseph. Il prend son journal chez Amin et s'attable chez Adèle.

— Bonjour, Joseph, dit-elle machinalement.

— Bonjour, Adèle.

Adèle lâche la tasse et laisse aussi tomber la soucoupe, le croissant, tout. Elle s'accroche au dossier du tabouret haut. La tête lui tourne. Joseph mesure le pouvoir des mots. Il n'en a dit que deux et a provoqué un raz de marée. Il le savait : le langage fait des dégâts, c'est bien pour cela qu'il ne parle pas ! Mais il se dit aussi qu'il doit rattraper ce carnage des mots par d'autres mots encore qui viendraient les justifier.

Adèle vacille encore. Alors il tend la main vers elle, la pose sur son épaule et dit :

— Désolé, je ne voulais pas te faire peur.

Une phrase. Il vient de prononcer une phrase entière. Et un geste. Il l'a touchée. Adèle tient toujours aussi fermement que possible le tabouret haut. Joseph n'ose plus bouger ni parler. Il a provoqué assez de catastrophes comme ça. Il attend, patiemment, que les choses rentrent dans l'ordre, droit sur sa chaise haute, comme un roi raide sur son trône. Adèle recouvre ses esprits petit à petit. Elle inspire et expire régulièrement. Elle lève enfin les yeux vers Joseph et le dissèque des yeux.

— Ça ne va pas, Joseph ? demande-t-elle.

— Si. Non.

Deux mots. Qui viennent se contredire.

— Qu'est-ce qui t'arrive ?

Joseph désigne du nez le couffin qu'il a laissé à ses pieds. Adèle se penche, écarte les rebords du panier et aperçoit le visage du bébé qui dort. Elle a un mouvement de recul.

— Mais enfin, Joseph ! C'est un enfant !

Joseph opine. Il est d'accord avec cette assertion. C'est bien un enfant qui est là. Et c'est bien ça le problème.

— Où tu l'as trouvé ? Dans un train ?

Nouveau mouvement de tête de Joseph. Il est revenu aux gestes, les mots sont trop perturbants.

— Qu'est-ce que tu vas faire ?

Joseph hausse les épaules. Il n'en a aucune idée. Enfin si. Il espère que le propriétaire de ce drôle d'objet trouvé va revenir le chercher dans la journée. Mais si ce n'est pas le cas, il sera bien embêté. Et le mot est faible. C'est bien pour cela qu'il est venu demander conseil à Adèle. Avec ce bébé, il est comme une poule devant un couteau.

— Tu vas le garder ?

Joseph secoue la tête avec frénésie. Ah ça non ! C'est trop. C'est minuscule un bébé, mais c'est trop !

— Alors laisse passer la matinée et si personne ne vient le rechercher, faut que tu l'emmènes à l'hôpital.

Joseph sourit. Il savait bien qu'Adèle aurait une bonne idée. Pour un peu, il l'embrasserait presque de reconnaissance. Mais il en a déjà assez fait comme cela, des mots, un geste, des embrassades maintenant, il ne faut pas exagérer non plus ! Alors il attrape le panier et file à son bureau. Il ne s'agirait pas non plus d'être en retard. C'en est assez des imprévus !

Quelqu'un va venir le récupérer ce matin, il en est sûr ! Il imagine une dame toute fatiguée, en pleurs, « Je suis désolée, je ne sais pas ce qui s'est passé, j'ai oublié mon bébé dans le train, je suis désespérée, vous ne l'auriez pas retrouvé ? » Et Joseph tendra le couffin à la pauvre femme qui pleurera encore plus, mais cette fois de reconnaissance.

Joseph installe le couffin dans son petit coin à lui, derrière les étagères. Bien caché. Il se prépare son troisième café. C'est à ce moment-là que le bébé ouvre ses yeux pour la deuxième fois. Deux billes noires. Joseph peut enfin bien les voir, à la lumière du jour. Mais d'un coup, son petit front se plisse, et des cris retentissent. Pas de discrets miaulements de chaton. Non. Quelque chose de puissant, qu'un si petit corps ne peut produire que s'il a quelque chose d'important à signaler. C'est la panique. Joseph s'enfuit en courant, affolé. C'est la première fois qu'il entend les cris de l'enfant et c'est une vraie sirène d'alerte. Il fonce chez Adèle qui le voit arriver à toute allure et comprend tout de suite que quelque chose cloche.

— C'est le bébé ?

Joseph hoche la tête.

Elle confie le café à son apprenti et suit Joseph au pas de course.

— Ben je crois qu'il a faim. Tu lui as donné à manger depuis que tu l'as trouvé ?

Joseph fait oui de la tête. Et puis non. C'est-à-dire qu'il y a bien eu un biberon, mais il ne se souvient plus s'il l'a vraiment donné et s'il l'a fait, était-ce de la bonne manière ? Et que contenait-il ? Cette nuit était si étrange, si particulière…

— Bon, retourne auprès de lui, je vais chercher ce qu'il faut.

Adèle repart en courant. Joseph aussi, mais une fois devant le couffin hurlant, il oscille d'un pied sur l'autre. Que fait-on avec un bébé qui pleure ? On le berce. Voilà la réponse qui lui vient. Il ne l'a jamais fait, mais ça lui vient comme ça. Mais jamais il n'osera le prendre dans ses bras. Alors il attrape les anses du panier et le balance dans un mouvement ample, d'avant en arrière, comme une balançoire. On dirait qu'il essore une salade, ou qu'il joue à la pétanque.

Heureusement, Adèle revient avec un grand sac de la pharmacie et une grande bouteille d'eau minérale. Quand elle voit les moulinets que fait Joseph, elle écarquille les yeux.

— Joseph, t'es pas fou ? C'est fragile un bébé ! Arrête de lui faire faire des loopings ! Pose-le par terre immédiatement !

Joseph bougonne. En attendant, il ne pleurait plus, le bébé. Et depuis qu'il a arrêté le tourniquet, il s'est remis à beugler, plus fort que jamais ! Adèle se dépêche de préparer le biberon. Elle verse l'eau jusqu'à un certain trait, ouvre la boîte de lait en poudre et compte les cuillerées. Elle se bouche une oreille. Les cris stridents de l'enfant l'empêchent de se concentrer. Enfin elle a fini. Elle visse la tétine et secoue le biberon.

— Voilà voilà, mon coco, ça vient, ça vient.

Et elle lui fourre la tétine dans la bouche. Le bébé se jette dessus et tète si goulûment qu'ils peuvent voir à l'œil nu le niveau de liquide baisser à chaque succion. En quatre minutes, l'affaire est pliée, le biberon est vide.

— Eh bien, il avait soif ! constate Adèle.

Elle le prend ensuite contre elle et tapote son petit dos. Joseph regarde sans comprendre le sens de son geste. Il ressent alors quelque chose de très étrange, qu'il n'a pas éprouvé depuis très longtemps, comme un petit pincement au cœur, un tressaillement – de voir Adèle tenir dans ses bras cette petite personne qui est un peu à lui. Un soupçon de jalousie. Une ombre de possessivité.

— Ne t'inquiète pas, Joseph, je te le rends tout de suite, dit Adèle qui a compris ce qui se passait dans le cœur de Joseph sans qu'il ait besoin de lui expliquer quoi que ce soit, ni de se l'expliquer à lui-même. Je te montre juste comment le porter pour qu'il fasse son rot.

« Voilà encore autre chose, se dit Joseph. Faut le faire roter maintenant ! S'il avait su pour cette nuit ! C'est vraiment très compliqué un bébé. Et ça ne fait pas grand-chose tout seul ! »

— Bon, tiens, je te le laisse. Maintenant tu sais tout, le biberon et le reste. Si tu as un souci, tu viens me chercher. Et à 14 heures, si personne n'est venu le reprendre, on avisera. OK ?

Joseph opine du chef. Mais ne tend pas les bras vers l'enfant. Il a peur soudain de ne pas savoir, de le faire tomber, de s'y prendre de travers. Et il a toujours dans l'idée qu'il ne doit pas le toucher. Alors Adèle le repose délicatement dans son couffin.

— Ça va aller, Joseph, dit-elle pour le rassurer.

Joseph n'en est pas tout à fait sûr, mais en regardant l'enfant qui sourit de toutes ses dents qu'il n'a pas, et qui a désormais le ventre bien plein, il pense qu'il aurait pu tomber plus mal… Il a l'air d'avoir hérité d'un modèle pas trop exigeant…

3

Comme un ballon de rugby

À 14 heures, personne n'est venu chercher l'enfant. Il y a bien eu un garçon qui avait oublié son bonnet, un homme son imperméable, et même une femme sa poussette, mais pas l'enfant.

À 14 heures et 1 minute, Adèle arrive, avec dans un sac un croque-monsieur et une salade pour Joseph. C'est ce qui reste du snack où elle travaille et qu'il serait idiot de gâcher. Joseph se jette sur la nourriture, l'émotion, ça creuse.

— Tu lui as redonné à manger depuis tout à l'heure ?

Non, fait Joseph avec la tête, il ne peut pas répondre, il a la bouche pleine.

— Un bébé, Joseph, ça mange toutes les quatre heures, tu le sais ça quand même !

Joseph fait encore non avec sa tête, et il ne voit pas où il aurait pu apprendre ce genre de choses. Pas à l'école, évidemment. Ni chez lui, où il était fils unique. Il n'a pas eu d'enfant. Son travail à la gare n'a rien à voir avec la puériculture !

— Bon, je te refais un biberon.

Et Adèle ressort son matériel, qu'elle a nettoyé au snack, prépare un deuxième biberon, tout en expliquant bien à Joseph la quantité d'eau et le nombre de cuillères de lait en poudre. Une dose pour 30 millilitres. Faut pas avoir fait Saint-Cyr ! Le bébé boit aussi rapidement et goulûment ce second repas.

— Cet enfant a un de ces appétits ! s'exclame Adèle. À mon avis, il n'a pas mangé à sa faim depuis un certain temps !

Joseph regarde le bébé assis sur les genoux d'Adèle. D'où vient-il ? Qu'a-t-il vécu ? A-t-il été bien traité ? Où sont ses parents ?

Cet enfant n'est que questions et Joseph n'a pas les réponses.

Il espère que d'autres les auront pour lui. Il tape sur sa montre et regarde Adèle.

— Oui, il est l'heure, j'ai vu. Alors écoute, j'ai pensé qu'il fallait l'emmener dans une maternité. Là-bas, les bébés, ils connaissent, ils savent faire. On va pas aller chez les flics avec un couffin !

Joseph s'agite. Ah non ! Pas un commissariat ! Plus jamais. Ils seraient capables de lui demander d'où vient ce bébé et à qui il l'a pris. Ils pourraient même l'accuser de l'avoir volé ! Il a une tête de coupable. Et Joseph ne sait pas se défendre. Face à eux, il n'a jamais su le faire.

— Alors va à Port-Royal, c'est une grande maternité, et autrefois, c'est là qu'on laissait les enfants dont on ne voulait pas, sur les marches. Tu prends le RER et tu y es dans vingt minutes. Je te remplace si tu veux. Et je fermerai à 20 heures si tu n'es pas rentré d'ici là.

Joseph voudrait témoigner sa reconnaissance à Adèle. Il se dit que s'il parle, elle sursautera. S'il la touche, ce sera pire. Alors il prend une page d'un carnet qui traîne sur le comptoir et il écrit « Merci ». En très gros.

Adèle lui répond « De rien » de vive voix, lui met le couffin entre les mains et prend sa place derrière le comptoir.

— Et ne te laisse pas impressionner, Joseph ! lui crie-t-elle tandis qu'il s'éloigne.

Ne pas se laisser impressionner. Adèle a raison. Les choses doivent continuer à glisser sur Joseph comme sur les plumes d'un canard. Enfin là, il faut bien dire qu'elles accrochent un peu. Joseph se secoue, comme un canard précisément, pour évacuer ses doutes parasites. Il va aller à la maternité, déposer l'enfant, et la vie reprendra son cours normal.

Dans le RER, il trouve qu'il y a beaucoup de monde. Et il ne peut s'imposer, passer en force comme il le fait les rares fois où il doit se déplacer dans Paris. Là, c'est comme s'il avait un objet fragile et précieux à transporter. Un vase. Une lampe. Un bébé. Il a peur qu'il prenne un coup. Qu'il soit projeté hors de son petit lit de fortune. Qu'il tombe. Qu'il soit piétiné. Joseph sent des gouttes de sueur rouler dans son cou. Il attend que trois trains passent et il finit par monter dans un wagon presque vide. Il est soulagé. Il s'assoit sur un strapontin et pose le couffin sur ses genoux. Il note que les gens le regardent différemment. Ou plutôt qu'ils le regardent tout court. D'habitude, les yeux glissent sur lui. L'enfant aussi le regarde. Gravement. Et dans ces yeux sombres, Joseph lit de l'assentiment. « C'est bien ce que tu fais là. Tu te débrouilles comme un chef. » Pour un peu, Joseph lui donnerait aussi un papier avec écrit « Merci » dessus.

Il est tout de même soulagé de se retrouver à l'air libre, même si en sortant de la station Port-Royal, d'un coup, la ville lui semble plus bruyante et plus agitée. La quiétude de ce bébé dans son nid fait paraître le reste du monde hostile et dangereux. Les gens marchent trop vite, les voitures semblent folles, les bus sont des tanks, les vélos sont menaçants. Joseph vérifie trois fois que le petit bonhomme est vert avant d'oser traverser la rue. Heureusement, la maternité de Port-Royal est juste devant lui.

Il y entre précipitamment et se laisse tomber sur une chaise de la salle d'attente, soulagé.

Il a très chaud. Joseph enlève sa parka. Le bébé aussi doit ressentir cette forte chaleur. Car brusquement, il se met à hurler. De plus en plus fort. Comme tout à l'heure. Sauf qu'Adèle n'est pas là. Et que Joseph ne sait pas vers qui se tourner. Il regarde à gauche, à droite. Une femme s'approche. Puis une deuxième.

— Mais il a trop chaud ce pauvre petit ! intervient la première.

— Regardez-moi ça il est écarlate, constate une deuxième.

— Faut le découvrir ! conseille une troisième.

Et une de ces femmes se penche vers l'enfant. Le sang de Joseph ne fait qu'un tour. Personne ne doit toucher ce qu'il a trouvé. Personne n'en a le droit. Déjà Adèle, c'était difficile, et pourtant Adèle est une belle personne qu'il connaît depuis longtemps, alors ces inconnues qui lui font la morale, c'est impossible ! Joseph se sent encerclé, prisonnier. Et cette sensation, il ne la connaît que trop bien. Alors subitement et pour la première fois, il attrape l'enfant dans le couffin et se dirige vers l'accueil. Il porte le bébé comme on porte un paquet. Sous le bras, contre la hanche. Il le tient fermement, il ne va pas le faire tomber, mais la tête en avant, comme un rouleau de moquette, une baguette ou un jambon.

La dame de l'accueil qui le voit arriver lève les yeux par-dessus ses petites lunettes pour s'assurer de ce qu'elle perçoit. Oui, pas d'erreur, cet homme qui vient vers elle prend son bébé pour un ballon de rugby.

— Bonjour, madame, fait-il en inclinant la tête avec respect et cérémonie.

Joseph ne peut faire l'économie des mots, il le sait bien, c'est une question de politesse. Et de se couler dans le moule aussi. Un homme qui ne parle pas, qui ne salue pas ses congénères, est au mieux un rustre, au pire un suspect.

— Bonjour, monsieur, lui répond-elle avec le même savoir-vivre.

Puis c'est le silence. Joseph a pourtant préparé sa phrase. Mais elle ne veut pas sortir. La femme l'encourage par un sourire.

— J'ai un souci. J'ai trouvé ça.

Joseph a exprimé en deux phrases sèches la situation. Il lève le coude pour montrer le « ça » coincé au creux de son coude.

— Ça ? Vous voulez dire un bébé ? demande la dame avec douceur.

Apparemment, Joseph a de la chance. Il a affaire à un humain compatissant et qui ne juge pas trop vite.

Joseph opine du chef, ça veut dire « oui ».

— Vous savez quel âge il a ?

Joseph secoue la tête, ça veut dire « je ne sais pas ».

— Faites-moi voir.

Joseph soulève l'enfant. Il le fait passer de l'intérieur de son coude à son ventre, manque de le lâcher, le rattrape au niveau de ses genoux, puis le remonte, en le tenant sous les aisselles, à hauteur des lunettes de la secrétaire, comme une coupe, un trophée, que l'on soulève le jour de la victoire.

Elle reprend son souffle, elle a eu peur qu'il le fasse tomber, se lève de sa chaise et observe attentivement le bébé.

— Bon, au jugé, et d'après mon expérience, je dirai qu'il a environ six mois. Ce n'est plus un nourrisson, mais il est encore fragile.

Joseph incline la tête, il fait confiance à la dame. Il lui tend l'enfant.

— Vous voulez me le donner ?

Joseph incline à nouveau la tête, et retend les bras avec le bébé au bout.

— Mais je ne peux pas le prendre, vous savez ! C'est une maternité ici, les femmes viennent accoucher et repartent avec leur bébé, c'est ainsi que ça fonctionne.

Joseph regarde partout. Effectivement, il y a soit des femmes avec de très gros ventres, à se demander comment elles n'explosent pas d'ailleurs, soit des femmes avec des tout petits bébés, des crevettes rouges qui font de petits bruits ou de petits pleurs. Rien à voir avec le spectacle qu'a offert son « objet trouvé » quelques minutes auparavant. Il avait bien plus de coffre !

Joseph est perdu. Il n'est pas au bon endroit apparemment.

— Alors si vous souhaitez confier cet enfant, il faut aller à l'ASE, l'aide sociale à l'enfance. Je vous écris l'adresse sur ce papier. Là-bas, ils pourront faire quelque chose.

Joseph prend le papier et regarde l'adresse. Il ferme les yeux en regardant la femme, ça veut dire merci. La femme sourit et ferme les yeux aussi. Ça veut dire de rien.

Joseph retourne vers la salle d'attente avec l'enfant sous le bras afin de récupérer le couffin qu'il a laissé au pied de son siège.

La dame sort de derrière son comptoir et court vers lui. Elle lui pose la main sur le bras, avec douceur. Ce qui fait sursauter Joseph. Il n'a pas l'habitude qu'on le touche. Il n'aime pas ça. Et il touche rarement.

— Je voulais juste vous dire, monsieur. Un bébé se porte plutôt comme quelque chose de précieux, de fragile, donc dans les bras, contre soi. Regardez, comme la dame là-bas.

Joseph observe. Il opine du chef, il a compris. C'est comme ça que faisait Adèle aussi.

— Et je vous mets dans le couffin quelques biberons préparés. C'est du lait premier âge, ce n'est plus trop pour lui, mais c'est toujours mieux que rien. Et quelques couches, parce que je pense qu'il faudra le changer à un moment donné ce bébé.

Joseph la regarde et ferme les yeux. Ça veut toujours dire merci. Il attrape les anses du couffin et s'en va.

L'ASE est à quelques rues de la maternité. Joseph a tôt fait d'y être. Son pas est déterminé. L'enfant a cessé de pleurer. « Six mois, réfléchit Joseph. C'est beaucoup et peu à la fois. Une petite vie, mais qui en a certainement déjà vu de belles. » L'immense bâtiment de l'ASE se dresse maintenant devant eux, austère et gris. On dirait une prison. Joseph va devoir trouver des mots pour le taulier et les faire sortir de sa gorge.

Il a besoin d'une petite pause, de reprendre du courage et de l'énergie. Un parc se trouve de l'autre côté de la rue. Il traverse, pousse le portillon, avise un banc vide, pose le couffin à côté de lui, s'assoit et examine son contenu. L'enfant ne dort pas. Ses deux billes noires se plantent à nouveau dans les yeux clairs de Joseph. Il n'a jamais vu autant de détermination dans deux globes aussi petits. De rage aussi. Et de présence. Cet enfant est là et demande qu'on le voie, qu'on s'occupe de lui, qu'on lui fasse une place. Silencieusement, il s'impose.

Joseph voit alors les quatre petits biberons que la dame de l'accueil a déposés dans le panier. Peut-être qu'il a encore faim. Adèle a dit toutes les quatre heures, ça ne fait pas quatre heures, mais bon, il peut tenter d'essayer. Joseph n'aime pas avoir faim, ça le rend bourru. L'enfant est sans doute comme lui. Parfois, quand il répond mal à quelqu'un qui vient chercher un objet perdu, il s'étonne de sa rudesse, regarde l'horloge de la gare et se rend compte qu'il est l'heure de manger. Qu'il est mauvais simplement parce qu'il a le ventre vide.

Il sort l'enfant avec précaution et le place sur son avant-bras gauche replié, les petites jambes reposant sur les siennes. Il sent la chaleur du petit corps contre le sien même au travers des couches de vêtements. Il enlève le capuchon du biberon et glisse la tétine dans la bouche de l'enfant. Qui se met immédiatement à téter. Joseph est content de lui, il assure. Une femme passe avec une poussette. Elle lui sourit. Elle donne, sans le savoir, son assentiment à une situation qui est pourtant inouïe. Pour elle, Joseph est simplement un homme d'âge mûr dans un parc, qui donne un biberon, à un bébé, un après-midi. Une sorte de grand-père attendrissant. Cette image ne déplaît pas à Joseph. Quand le biberon est vide, l'enfant continue à téter. Alors Joseph dégaine le deuxième, puis le troisième, et même le quatrième. Que le bébé finit pareillement. Joseph se penche vers l'enfant. Son corps forme une sorte d'arche, de grotte, d'abri. Il lui glisse tout bas, en vérifiant que personne d'autre ne l'entend :

— Eh bien, mon coco, tu as tout sifflé. Champion !

C'est la première fois que Joseph lui parle gentiment. Le bébé a l'air d'apprécier. Il passe un doigt rugueux sur son visage. Ça y est, il a touché sa peau.

Bon, ils ont maintenant repris tous les deux des forces, l'enfant grâce au lait, Joseph grâce à cette première expérience de biberons donnés. Ils peuvent affronter cette grande bâtisse. Ils traversent la rue.

Les portes automatiques s'ouvrent devant eux et laissent apparaître un guichet où une dame se tient. Encore une. Joseph s'avance précautionneusement. Le hall est grand, vide, il a l'impression que ses chaussures font un bruit incroyable et collent au sol. Quand il parvient enfin en face de la dame, elle ne relève pas la tête. Il s'éclaircit la gorge pour manifester sa présence. Toujours rien. La femme est concentrée. Ou indifférente. Ou hautaine. On ne la dérange pas comme ça. Joseph attend. Il préférait la dame de tout à l'heure. Finalement, le cerbère finit par lui jeter un regard qu'il qualifierait de méfiant.

— Vous avez rendez-vous ? lui lance-t-elle.

Pas de bonjour, rien. Joseph était pourtant prêt à faire l'effort du langage de la politesse. Du coup, il se contente de faire non de la tête.

— Pardon, je n'ai rien entendu ! Vous avez rendez-vous ?

Joseph refait le même signe. Mais apparemment cela ne suffit pas à la dame. Elle veut des mots. Et ce qui remonte en Joseph, c'est le souvenir de toutes les fois où il n'a pas su les trouver. Toutes les fois où on l'a pressé de savoir le faire. Ça a commencé à l'école. Puis ça a continué ensuite. Avec n'importe qui. Quand il fallait « prendre la parole ». « Prendre », c'était là le problème.

Elle lui échappait toujours. Et la dernière fois, au tribunal, il aurait bien voulu l'exhumer du fond de sa gorge, pour se défendre, pour contrecarrer celle de la partie adverse qui racontait n'importe quoi. Mais rien à faire. Et il avait eu deux ans pour y penser, dans une cellule, à cette parole qu'il aurait pu proférer.

— Je repose une dernière fois la question, monsieur ! Avez-vous rendez-vous ?

Joseph contemple le hall. Les portes. Et derrière, sans doute d'autres portes. Qui donnent sur des petites chambres fermées par des portes, encore. On va mettre l'enfant là, dans une petite case, à une place. Comme un objet trouvé en fait. C'est ce qui l'attend.

— Allez viens mon coco, on s'en va ! murmure Joseph. Je ne sais pas si tu seras bien avec moi, mais je sais que je ne peux pas te laisser ici. Tu vas te retrouver comme moi à ne rien pouvoir dire et ce sera le début des ennuis !

Joseph tourne les talons et marche vers la sortie. Il se souviendra longtemps de ce moment où il a décidé sans vraiment le vouloir de garder le petit. Il ne pouvait pas le laisser là. C'est tout.

4
L'ange à l'aile unique

Il décide de rentrer à pied. Le soleil brille, il traversera le jardin du Luxembourg, il n'entrera pas dans le ventre souterrain de Paris, il a besoin d'air.

Joseph contemple cet être minuscule qui ne sait pas encore parler et il se dit qu'ils ont déjà quelque chose en commun. L'enfant dort. Mais Joseph voit que dans son sommeil, un petit sourire se dessine sur ses lèvres. Il est content de lui. Il lui a joué une vilaine blague. Ou peut-être qu'il est simplement heureux, soulagé de ne pas avoir été laissé dans ce sinistre endroit, content d'avoir trouvé une bonne âme pour le garder.

Joseph marche. Il évite de penser. À ce qu'il vient de faire. À ce qu'il porte. Il avance. Sur le pont de la Cité, il regarde le fleuve. Il pense au ruisseau de son enfance, là-bas, en Ardèche, qui serpentait en bas de la ferme. Il allait avec son père construire des petits moulins en bois, attraper des tritons, lancer des cailloux. Le froid de l'eau saisissait ses chevilles comme deux menottes glacées. Les arbres bruissaient. L'eau chantait. Il n'y avait pas besoin de parler.

Comme cet après-midi, sur ce pont, avec ce petit. Peut-être qu'il est en train de créer une sorte de lien, un commencement de relation, là, près de l'eau, grâce à elle.

Joseph voit, sent le monde à nouveau. Son corps n'est plus cette carcasse vide qu'il traîne, mais une enveloppe vivante qui se remplit de sons, d'odeurs, de paysages, d'inquiétude, de tendresse. Joseph se sent tout bizarre, lourd de ces sensations, surpris de les retrouver. Il poursuit sa route, un peu sonné, en titubant légèrement. Ivre de ce qu'il a consenti à perdre.

Quand il arrive gare de l'Est, il fonce vers son bureau. Adèle est là, elle tricote.

— Ben, tu l'as gardé ? elle demande.

Joseph sourit d'un air coupable, comme un enfant pris en faute.

— Je le savais ! Tu ne pouvais pas l'abandonner une seconde fois ce petiot ! Tiens, du coup, j'ai commencé à lui faire un petit bonnet. L'hiver va être rude, il ne faudrait pas qu'il prenne froid. Ah, j'ai farfouillé aussi un peu partout ici, dans tout ce que les gens oublient, à croire qu'ils n'ont pas de cervelle, et j'ai trouvé quelques vêtements qui devraient être à la bonne taille. Je t'ai tout mis dans ce sac. Y a du beau. Y a du moins beau. Après c'est selon les goûts de chacun. Parce qu'il va falloir le changer ce petit, tu sais ? Et ça risque de ne pas sentir la rose, si tu vois ce que je veux dire !

Et Adèle se bouche le nez avec son pouce et son index et une moue de dégoût. Joseph se rend compte qu'il n'a jamais pensé à cet aspect des choses. Le changer ! Mon Dieu !

Il ne manquait plus que ça ! Bon, il verra bien, au point où il en est, ça ne doit pas être plus compliqué que de donner un biberon !

Joseph scrute Adèle avec attention. Finalement, elle aussi a été conquise par l'enfant. Elle s'en préoccupe. Et la voici même qui manie les aiguilles et les pelotes. Il est petit ce bébé, mais il a quand même un grand pouvoir.

— Bon, faut que je rentre maintenant, sinon Jules va s'inquiéter. Tu connais mon mari ! Si je ne suis pas là à 20 heures, c'est tout juste s'il ne lance pas un avis de recherche ! Alors je te souhaite une bonne soirée.

Adèle claque deux bises sur les joues de Joseph, qui en est tout étourdi.

— Et Joseph, tu te débrouilles très bien. Fais-toi confiance ! Cet enfant, c'est une belle chose qui t'arrive. Allez, bonne soirée vous deux !

Adèle caresse la joue de l'enfant et disparaît de sa démarche chaloupée, son sac à la main, d'où dépassent deux aiguilles à tricoter.

« Confiance ». Le mot résonne dans la tête de Joseph. Il l'a toujours éloigné bien loin de lui. L'a honni. Ne faire confiance à personne, tel a été son credo. Ne jamais baisser la garde. Le danger vient de partout. Et voilà que ce mot entre dans sa vie, par la petite porte, la toute petite porte.

— Bon, à nous deux ! chuchote Joseph à l'oreille du bébé. Rentrons !

Il prend le couffin, le sac de vêtements et ferme son bureau. Quand il se retrouve au pied des six étages de son immeuble, la perspective de devoir les grimper ainsi chargé le fait soupirer.

— En plus, je vais devoir me remettre au sport avec toi ! Merci ! glisse-t-il à l'enfant. Tu m'en auras fait faire toi, aujourd'hui !

Devant la porte de l'appartement, Joseph est en nage.

— Nom de nom ! jure-t-il en fouillant partout dans ses poches, où il ne trouve pas les clés. Finalement, il parvient à remettre la main dessus et rentre chez lui.

Son appartement lui paraît subitement trop petit et pas très fonctionnel. Et puis froid. Joseph ne chauffe pas. Il ne ressent pas la température extérieure. Mais là, il frissonne. Il court allumer le poêle à bois dont il ne se sert jamais et glisse quelques bûches à l'intérieur.

— Voilà, tu seras bien au chaud. Enfin dans une heure quoi.

L'enfant, depuis son panier posé sur le lit, observe tout avec ses grands yeux ouverts. Il semble intrigué.

— Oui, bon, hier soir, tu dormais, tu n'as rien vu, mais voilà, je vais te faire la visite. C'est ma maison.

Joseph prend alors délicatement le bébé dans ses bras. Finalement, ce n'est pas très compliqué. Il suffit de bien l'attraper sous les aisselles et ensuite, il faut bien le caler contre soi quand même et mettre une main dans le dos pour qu'il ne bascule pas vers l'arrière. Le bébé se tient bien droit et pose naturellement sa petite main sur l'épaule de Joseph. Joseph a comme un frisson qui descend le long de son bras jusqu'au bout de ses doigts.

— Ben ici, commence-t-il d'une petite voix émue, c'est le salon-salle à manger-pièce principale-chambre. Et là (Joseph se déplace de quelques pas et tire le rideau en velours qui sépare l'appartement en deux), là, c'est la cuisine-salle de bains. C'est petit, je le reconnais, mais c'est chez nous, et personne ne peut nous le prendre.

Joseph a dit *chez nous*. Il ne s'en est pas rendu compte, mais c'est pourtant ce qu'il a dit.

— J'avoue, ce n'est pas très bien rangé, poursuit Joseph. C'est que je suis un vieux célibataire aussi, alors je passe le balai de temps en temps, mais je suis pas là à briquer tous les jours non plus ! Enfin bon, là, va falloir que je mette un peu d'ordre quand même…

Mais une odeur curieuse vient chatouiller les narines de Joseph. Une odeur désagréable et entêtante. Non, maintenant qu'il la sent pleinement, une sacrée mauvaise odeur ! Il se dit qu'il a dû laisser le frigo ouvert avec un camembert dedans. Mais non. Ou qu'il a oublié de descendre la poubelle. Ou qu'une souris est morte quelque part. Ou un gros rat. Joseph parcourt son appartement, le bébé dans les bras, le nez en avant. Mais partout où il va, l'odeur le suit. Et brusquement il comprend : c'est le bébé qui sent mauvais ! Mais oui ! Évidemment ! Adèle l'avait prévenu !

— Eh bien petit, je ne te félicite pas ! Tu envoies du lourd ! Tu pues, c'est pas permis ! Mon cochon !

Bon, il va falloir le changer. Joseph ne sait pas où poser le bébé. Sur la table de la cuisine ? C'est un peu froid le formica. Par terre ? Ce n'est pas très propre, il y a de la poussière. Sur son lit ? Si c'est aussi horrible que l'odeur le laisse présager, le bébé va tout salir, il y en aura partout sur les draps. Joseph repose le bébé dans son couffin pour mieux réfléchir. Mais l'enfant se met à hurler.

— Dis donc toi, hein ! le sermonne Joseph. Du calme ! Laisse-moi cinq minutes pour m'organiser. T'es un marrant, toi ! Tu débarques et hop, faut être au garde-à-vous. Eh bien, tu vas attendre un peu mon pépère, faut que j'aménage deux-trois bricoles ! Et je serais toi, je ferais profil bas, car on respire à peine dans cette pièce, c'est une véritable infection. Un munster à côté de toi, c'est du pipi de chat !

L'enfant arrête immédiatement de crier et sourit presque. Cela faisait bien longtemps que Joseph n'avait pas fait une blague, et encore plus longtemps une blague qui fait sourire quelqu'un.

Joseph va d'abord ouvrir la fenêtre pour aérer. Il prend ensuite une grosse couverture au-dessus de son armoire en chêne. Il la pose sur son petit bureau, dont il mesure la résistance, c'est bon, ça tient, et la recouvre d'une serviette éponge, la plus épaisse et la plus propre qu'il trouve. Ensuite il remplit une grande casserole d'eau chaude, rapporte le savon, et les couches que la dame de la maternité lui a données. Il se demande bien comment ça se met ces machins, mais il se dit qu'il verra bien au moment où il y sera. Il improvisera. Parfois, dans l'urgence, on a des idées de génie.

Joseph va chercher l'enfant. Il le dépose doucement sur la serviette. Il lui enlève son petit manteau de laine bleu marine. En le redressant doucement. Dessous, il porte une brassière blanche avec un pantalon assorti. Et des chaussons tricotés.

Il le déshabille pour la première fois. Il le fait avec délicatesse, comme on ouvre un paquet cadeau, pan après pan, en prenant garde de ne pas déchirer le papier.

Soudain il s'arrête : peut-être va-t-il découvrir quelque chose d'incongru, de pas normal. Quelque chose qui ferait qu'on ait eu envie d'abandonner cet enfant. Une malformation. Un défaut. Quelque chose de vilain.

Et puis il y a une autre question qui se pose : est-ce que c'est un garçon ou une fille ? Naturellement, il l'a appelé « coco », « pépère, « petit » et s'est dit que c'était un gars, comme lui, parce qu'on pense toujours à partir de ce qu'on est. Mais si ça se trouve, c'est une fille, et là Joseph serait bien embarrassé. Parce que les filles, il n'a jamais su faire. Depuis toujours, il n'a pas le mode d'emploi. À l'école déjà, il ne les comprenait pas. Et ça ne s'est pas arrangé par la suite. Sauf avec… Et encore…

Joseph arrive à la couche. L'odeur est intenable. Il tend le bras en hauteur tout en gardant les yeux sur le bébé et décroche d'un fil qui traverse la pièce une pince à linge en bois. Il se la met sur le nez et respire par la bouche :

— Désolé, mon coco, ne le prends pas mal, mais faut que je m'équipe, sinon je ne vais pas y arriver !

Joseph ouvre la couche. Joseph referme immédiatement la couche.

— Merde, t'es une fille.

La petite fille ne dit rien, il n'y a rien à dire.

— C'était pas prévu, lui explique Joseph, que tu sois une fille. Moi je croyais que t'étais un garçon.

La petite fille le fixe intensément.

— Tu vas me dire que rien n'était prévu dans cette histoire. Et qu'au point où on en est…

La petite fille sourit. Elle a l'air d'accord.

— Bon, enfin, ma cocotte, excuse-moi, mais pour une demoiselle, empester de la sorte, c'est limite ! On va régler ça de suite. Allez hop, c'est parti !

Joseph réajuste sa pince à linge. Et rouvre la couche.

— Bon Dieu de bonsoir ! Comment un si petit corps peut produire une odeur si forte ? C'est inouï !

Joseph enfile le gant de toilette, le trempe dans l'eau de la casserole et s'attelle à la tâche. Ça colle, c'est sale, c'est affreux, Joseph peste, Joseph râle, Joseph ne s'en sort pas. Il voudrait aller rincer le gant, mais il a peur que la petite tombe. Il ne sait pas comment faire. Alors, finalement, il la prend comme la première fois, tel un ballon de rugby, et la passe sous le robinet dans l'évier. Il la nettoie comme une salade ou une grosse pomme de terre en la faisant tourner sous le jet et en la frottant. La petite sourit. Joseph la savonne bien comme il faut.

— Ça fait du bien d'être propre, hein, ma cocotte ! Oui ! On se sent mieux !

Il s'entend prendre une voix douce et un peu mièvre, de celle que les adultes utilisent pour parler aux petits enfants. Il se trouve un peu bébête, un peu gaga. Heureusement qu'il est seul avec le bébé.

Il la ramène sur la table à langer. Il sort un pyjama jaune du sac de voyage. Il le place au-dessus du corps du bébé. C'est la bonne taille. Adèle a un compas dans l'œil. La minuscule peut rentrer dedans. Après, comment elle va rentrer dedans, c'est une autre question. Joseph commence par enfiler le bas du pyjama. Après tout, lui revêt bien son pantalon en premier, donc soyons logique. Mais il y a combien de boutons-pression sur ce truc ? Et comment les attache-t-on quand ils sont dans le dos du bébé et que le bébé est sur le dos, précisément. Joseph décide de le retourner. Comme une crêpe. D'un coup. Schploch !

Et c'est là qu'il voit. Une grande tache plus foncée qui couvre toute l'omoplate et descend jusqu'à la taille. Comme une aile. Voilà. Exactement comme une aile. Joseph touche la tache. Elle a la même douceur que la peau du bébé. Il frotte un peu avec la serviette pour s'assurer que ce n'est pas de la saleté. Non. C'est une tache de naissance.

— Je me doutais bien que tu n'étais pas comme les autres. J'ai trouvé un petit ange. Un petit ange avec une seule aile.

Et Joseph prend l'enfant dans ses bras et le serre bien fort.

5
La tache noire

— Alors, l'interroge Adèle le lendemain matin. Tu t'en es sorti comment ?

Joseph remue sa main pour signifier couci-couça.

Bien sûr il y a eu le câlin et le biberon après, ces moments d'une infinie tendresse où tout semblait simple et évident. Mais une fois que la petite a été couchée, Joseph a commencé à réfléchir : « est-ce que je vais savoir m'en occuper ? Est-ce que j'ai le droit de la garder ? Et comment je vais faire avec mon travail ? Est-elle en bonne santé ? Et si elle tombe malade ? Et si on veut me la prendre ? Et cette tache dans le dos ? » Bref, un petit vélo de questions s'est mis à tourner en roue libre dans la tête de Joseph et il n'a pas dormi.

— Eh bien, je vois à ta tête que la nuit a été courte ! C'est ça les bébés, Joseph, ils te font vieillir de dix ans en quelques mois ! Bon, je te fais un double expresso bien fort.

Joseph descend son café d'un trait, comme un verre de vieille prune.

— Tu sais, j'ai réfléchi, continue Adèle. Je crois, Joseph, que rien n'arrive par hasard.

Cette conversation est trop philosophique pour lui. Vu tout ce qu'il a vécu, Joseph a toujours préféré penser que les averses, la grêle, les tempêtes tombaient souvent sur lui sans qu'on sache vraiment pourquoi, plutôt que de croire que quelqu'un d'acharné lui voulait du mal, de là-haut ou d'ailleurs. « La faute à pas de chance », s'est-il dit.

— Tu t'appelles Joseph et tu récupères un bébé. Ça ne te rappelle rien ? poursuit Adèle.

Joseph ne voit pas.

— T'as pas été au catéchisme ?

Si. Joseph se souvient surtout des gâteaux au yaourt. Et d'une dame avec des poils au menton. De quelques histoires aussi, à base de graines qu'on sème, de malades qui guérissent, de pains qui se multiplient. Et d'un copain qui avait demandé « Pourquoi Jésus il a dix slips ? » parce qu'il ne connaissait pas le mot « disciples ». Ils avaient bien ri ce jour-là !

— Joseph, le père de Jésus ! Tu sais, l'ange qui vient le voir, qui lui dit que Marie est enceinte, qu'il doit élever l'enfant comme le sien parce que c'est le fils de Dieu. Et Joseph accepte et s'occupe de l'enfant. Exactement comme toi ! C'est fou, non ?

Ce qui est encore plus fou, c'est cette histoire d'ange. Joseph fait signe à Adèle de le suivre dans son bureau. Il veut lui montrer le dos de la petite.

Il la sort du couffin.

— Ça y est, tu le prends dans tes bras ! C'est bien, ça, Joseph ! Tu as fait de sacrés progrès !

— La, dit Joseph.

— La quoi ?

— La.

Et il touche le corps de la petite.

— Ha, c'est une fille ! Oh, mon Dieu ! Une fille ! C'est merveilleux ! Moi qui n'ai eu que des garçons !

Joseph se renfrogne.

— Oui, je sais, Joseph, c'est la tienne ! Mais tu me la prêteras un peu quand même…

Joseph opine du chef. Prêter, il est d'accord.

— Et puis les filles c'est sage, sérieux, ça fait moins de bêtises. Et puis ça travaille bien à l'école.

Joseph fait la moue. À l'école, il connaissait une Jeanne qui était la première à savonner le sol des toilettes pour que tout le monde glisse dessus, et qui était une sacrée cancre.

— Oui, bon, je parle en général. Mais une fille, c'est vraiment super, Joseph ! Une petite fille ! Quel régal ! Bon, qu'est-ce que tu voulais me montrer ?

Joseph l'assoit sur le comptoir.

— Elle est encore en pyjama ? Enfin, Joseph, tu ne viens pas travailler en pyjama, toi ! Et tu ne lui as rien mis dessous ? ajoute Adèle en regardant dans le cou de l'enfant. Pas de petite chemise ? Elle va attraper du mal, je te le dis ! Et regarde-moi ça, tu as attaché samedi avec dimanche, ma parole !

Joseph hausse les épaules. Il a fait ce qu'il a pu. Il y avait beaucoup trop de boutons-pression sur ce pyjama jaune. Devant, derrière, sur le côté, il n'a rien compris !

— Bon, on va la rhabiller, cette petite. Allez, passe-moi le sac.

Joseph hausse à nouveau les épaules.

— Comment ça, tu n'as pas pris d'affaires de rechange ! Mais il faut toujours prendre un change, Joseph, on ne sait jamais ce qui peut arriver. Ça se salit vite un bébé ! Bon, tiens-la, je vais chercher dans la réserve.

Joseph baisse la tête. Il est renvoyé à sa propre incapacité, à ses manquements. Il a fait ce qu'il a pu, mais apparemment, il a tout faux. Il ne va jamais y arriver. C'est alors que la petite lui attrape le doigt qui était sur son ventre. Elle tient son index fermement, le serre. Comme si c'était sa bouée de sauvetage. Sa planche de salut. Ce geste veut dire : « ne m'abandonne pas, maintenant que je t'ai trouvé, je ne vais plus te lâcher ». Joseph sourit. Il apprendra.

Adèle revient dix minutes plus tard avec un bout de tissu qu'elle observe sous toutes les coutures et tourne dans tous les sens. Elle n'a pas l'air non plus de maîtriser la situation.

— Alors j'ai trouvé ça, mais je ne sais plus comment ça se met. Faut croire que j'ai un peu perdu la main… Bon, on va l'allonger là sur ton anorak. Il va falloir s'aménager un petit coin quelque part entre les étagères parce que là, tout le monde peut nous voir…

— Voir quoi ? lance une voix derrière eux qui les fait sursauter.

C'est Amin, qui tient le relais H de la gare. L'homme des journaux. Joseph et Adèle restent interdits.

— C'est quoi ? s'enquiert Amin en avançant la tête.

Joseph a juste le temps de la recouvrir avec la manche de son anorak, mais la petite l'attrape et joue avec. Elle n'est pas du tout cachée en fait.

— C'est pas « quoi », c'est « qui » ! C'est une personne, même si c'est petit ! s'énerve Adèle, qui n'aime pas qu'on se mêle de ses affaires.

— D'accord. Alors c'est qui ?

— Un… un… bébé, hésite Joseph.

— Ça je vois. C'est ta famille ?

Joseph se tait.

— C'est ton petit-fils, genre ?

— Petite-fille ! rectifie Joseph.

— C'est ta petite-fille ? Genre t'as été marié, toi, et t'as eu des enfants et des petits-enfants ?

— T'es de la police, Amin ? le coupe Adèle.

— Pas du tout ! Je voulais juste savoir. Et puis la famille c'est large. Moi je m'occupe des enfants de ma sœur, elle est repartie au Maroc, c'est comme les miens. D'ailleurs, des fois, c'est plus les miens que les miens.

— Voilà ! réplique Joseph, soulagé. Famille élargie.

— Et vous avez quoi comme problème avec la petite ?

— On n'a pas de problème, on se débrouille très bien, merci ! répond sèchement Adèle, que cette intrusion et toutes ces questions agacent.

— Vous voulez lui mettre un body ? demande Amin en regardant ce qu'Adèle tient dans la main.

Joseph et Adèle regardent Amin avec curiosité.

— Oui, avec cinq neveux et nièces, t'en apprends des trucs, t'es bien obligé. Allez, donne-moi ça, je vais vous montrer.

Amin s'approche du bébé et commence à lui enlever son pyjama. Les poings de Joseph se crispent. Il n'aime pas qu'on touche la petite, surtout qu'il ne sait pas si Amin est bienveillant ou juste curieux.

Au moment où Amin redresse l'enfant et va pour lui passer le body dans le dos, il aperçoit la tache. Il lâche subitement la petite, qui retombe brutalement sur l'anorak de Joseph. Et se met à pleurer.

— Cette enfant est marquée, déclare Amin d'une voix blanche en s'éloignant de l'enfant. Sa tache est le signe d'une malédiction. C'est un ange noir. Il ne faut pas la toucher, pas l'approcher, sinon le malheur va s'abattre sur vous. Éloignez-vous, laissez-la, ou votre vie sera fichue.

Amin quitte le guichet de Joseph sur-le-champ et s'éloigne à grands pas comme s'il avait croisé la mort elle-même. Adèle prend l'enfant dans ses bras, la berce et la calme.

— Mais n'importe quoi, mais qu'est-ce qu'il raconte, celui-là ! Tu es notre petit ange à nous ! Tombé du Ciel ! Un vrai cadeau ! Il n'a vraiment rien compris ! Allez, ma cocotte, ça va aller.

Adèle continue à bercer l'enfant. Les pleurs et les hoquets s'espacent. Elle retrouve son calme.

Joseph est resté comme une statue. Il n'a pas pu sortir un mot quand on maudissait la petite. Il n'a pas su la défendre. Il n'a pas su la consoler. Il est demeuré pétrifié, inutile. Comme chaque fois qu'il doit réagir. Tout cela est trop pour lui. Trop de changement. Trop de nouveauté. Trop de responsabilités. « Et si Amin avait raison ? Et si cet enfant apportait le malheur ? Dans quoi s'est-il encore aventuré ! » Sa mère le lui disait sans cesse : « Mais qu'est-ce que tu as encore fait, Joseph ! Dans quel pétrin t'es-tu encore fourré ? Ce n'est pas possible ! Tu attires les problèmes comme un aimant ! »

Adèle repose l'enfant sur l'anorak. Elle ôte complètement le pyjama et contemple avec étonnement la façon dont Joseph a mis la couche. À l'envers, de toute évidence, puisqu'elle lui remonte jusque dessous les bras, et avec de la ficelle par-dessus puisqu'il n'a pas dû voir les deux bandes collantes de chaque côté. On dirait un petit rôti.

— Ben Joseph, tu as des sacrés progrès à faire en matière de couches ! C'est du grand n'importe quoi !

Joseph ne réagit pas, rien ne le touche, il a retrouvé l'état d'indifférence et de torpeur dans lequel il avait l'habitude de vivre.

— Qu'est-ce que tu as, Joseph, à jouer les statues ? Allez viens regarde, je vais t'apprendre ! Ce n'est pas très compliqué, et pour le coup, ça, je sais toujours faire !

Joseph la considère avec des yeux absents. Adèle lui touche le bras :

— On a tous des particularités, Joseph. Toi, tu dis trois phrases par jour, moi deux cent cinquante, mon Jules remplit sa grille de mots croisés en dix minutes, il touche son nez avec sa langue, mon frère a une oreille pas ourlée, Arthur mon fils aîné a un épi au milieu de la tête, et Maxime, le cadet, n'a pas d'ongle au petit doigt de pied. Tu vois, on a tous des trucs rien qu'à nous qui nous différencient des autres. Elle, c'est une tache de naissance. Bon ben, voilà. Ni plus ni moins. C'est le signe de rien du tout. C'est le signe qu'elle est elle, qu'elle est unique au monde !

Adèle pose la main de Joseph sur le ventre de la petite fille.

— Elle a besoin de toi. C'est tout. C'est comme ça. Tu ne vas pas tomber dans ces superstitions imbéciles, Joseph, enfin ! Allez, mets-lui la couche, je te guide.

Joseph prend la couche à contrecœur.

— Les petits dessins devant. Voilà. Tu lui soulèves les fesses, tu glisses la couche dessous, voilà, c'est bien.

C'est à ce moment-là que la petite se met à rire pour la première fois, sans doute chatouillée par les grosses mains rugueuses de Joseph sur ses petits pieds en l'air. Un rire cristallin. Et ce rire prend Joseph, le contamine, l'attrape et le submerge. Alors Joseph part lui aussi d'un grand éclat sonore qu'il contrôle mal. Adèle le prolonge du sien, aigu, comme des trilles de merle. Dans ce petit bureau, la félicité soudain s'envole et transfigure ce banal apprentissage du change en moment de grâce. « Cette enfant est la joie », songe Joseph. Cela est tout. Cela suffit.

6
Le kangourou

Adèle retourne travailler. Le café ne va pas se servir tout seul, soupire-t-elle. Joseph, de son côté, doit rattraper son retard. On lui a déposé un charriot plein d'objets trouvés. Un violon dans son étui, des sacs de voyage, une poussette. « Pourvu que personne ne vienne la chercher », espère Joseph. Elle sera parfaite pour sa cocotte. Il la met à part. Il y a aussi des tas d'autres choses à identifier, répertorier, enregistrer. Joseph n'aime pas ce retard, cela ne lui arrive jamais. Il remet l'enfant dans le couffin, mais il l'assoit en plaçant un gros coussin derrière son dos pour qu'elle puisse tout observer.

— Bon, il faut que je bosse, moi. Alors tu vas te tenir bien sage le temps que je mette tous mes fichiers à jour ! Regarde ce qu'il me reste à faire. Il ne s'agirait pas que je perde mon travail, tu vois, on serait bien embêtés !

La petite fille le fixe de ses grands yeux.

— Bon, je t'explique ! Mon boulot, c'est de ranger dans les étagères que tu vois là les objets perdus, comme toi, sauf que tu n'es pas un objet, évidemment. Et les gens ont ensuite un mois pour venir les rechercher. Voilà.

Joseph se demande si elle comprend. Qu'est-ce qu'un bébé peut savoir du monde du travail, du labeur quotidien, et même plus simplement du mot « étagère » ?

Joseph se demande aussi si le délai d'un mois s'applique aussi dans son cas à elle. Et si quelqu'un venait la réclamer ?

Bon, il faut s'y mettre, arrêter de penser, agir. « Les poissons pourrissent par la tête », répétait sa mère quand il se perdait dans ses réflexions.

Joseph attrape un châle, l'enregistre sur son ordinateur, lui attache une étiquette et va le ranger dans l'étagère B6, à côté des foulards. Mais dès qu'il passe l'angle et que la petite ne le voit plus, elle se met à hurler. Joseph revient à toutes jambes.

— Non, mais, ça va pas la tête ! Tu vas nous faire remarquer ! Tu n'as pas le droit d'être ici je te rappelle ! Alors silence !

Dès qu'elle revoit Joseph, la petite se calme et sourit.

Joseph saisit un manteau oublié. Il le rentre dans l'ordinateur, l'étiquette et part le ranger, en prenant bien soin de prévenir la petite :

— Je vais aller ranger ça là-bas, OK ?

Mais dès qu'il disparaît du champ de vision de l'enfant, les cris retentissent.

— Non mais dis donc, ça suffit ! Je t'ai dit quoi ? Motus et bouche cousue ! Pas un son ! Rien ! Une carpe !

Joseph refait une tentative en se cachant derrière une étagère. Il disparaît, elle crie, il réapparaît, elle s'arrête, il se dissimule à nouveau, elle s'époumone, il resurgit dare-dare. On dirait une carte postale d'anniversaire qu'on ouvre et qu'on referme et qui produit de la musique mécaniquement chaque fois. Joseph s'approche et se prépare à bien sermonner la petite. Mais il voit son petit front si soucieux, ses yeux remplis de larmes, et l'infinie détresse qui les habite. Joseph comprend alors que cette peur-là est bien plus profonde et lointaine que le jeu de cache-cache auquel il vient de se prêter. La petite ne peut être laissée seule. Elle ne le supporte pas. Elle n'arrive pas à le vivre. Il sait exactement ce qu'elle ressent. Il y a des choses enfouies de l'enfance qui ne passent pas. Qui restent tapies, là, au fond du cœur et de l'âme et qui attendent un événement pour se manifester sans qu'on sache ni pourquoi, ni comment, encore moins pourquoi à ce moment-là.

Joseph se souvient de la première souris qu'il a croisée dans son appartement sous les toits. Mignonne, petite, inoffensive, se léchant les pattes tranquillement. Joseph avait hurlé. Un cri puissant sorti directement du fond de son ventre. Qui expulsait une image prégnante : il a onze ans, il est dans la cave de la ferme, en Ardèche, sa mère l'y a enfermé comme souvent, car il s'est montré insolent. Ou parce qu'il a parlé pendant le repas. Ou parce qu'il n'a pas répondu quand elle lui a posé une question. Bref, il n'a pas fait ce qu'il fallait quand il fallait. Elle le tient par le haut de l'oreille entre les ongles de son pouce et de son index et le tire jusqu'à la porte bleue qui donne sur un escalier raide dans lequel elle le projette. Elle ferme derrière lui et verrouille d'un tour de clé. Il n'ose pas descendre. Il a peur des rats et des souris. Alors il reste assis sur la plus haute marche, les jambes repliées dans ses bras. Parfois il s'endort. Mais il se réveille soudain, persuadé que les rongeurs s'approchent pour lui mordiller les doigts de pied. Il attend des heures que sa mère revienne à des sentiments plus humains. Ce qu'elle finit par faire d'un tour de clé. Sans un mot. Sans exprimer un remords. Ni une remontrance d'ailleurs. Un non-événement. Mais qui remonte à la surface quand une souris apparaît. Comme ce doit être le cas pour la minuscule dès qu'il disparaît.

Joseph bougonne. Les cris de la petite lui compliquent quand même sacrément l'existence, au cas où elle ne serait pas déjà assez compliquée comme ça. Mais il décide d'embarquer le couffin dans ses allées et venues. Ce n'est pas très pratique. D'une main il porte le panier avec l'enfant, de l'autre l'objet à ranger dans les étagères. Cela l'encombre, cela le contrarie, cela ne marche pas.

— Tu sais que toi quand même tu n'es pas facile-facile, hein, mademoiselle !

Alors qu'il transporte un violon et qu'il a du mal à se faufiler entre les rangées d'étagères, qu'il se cogne, qu'il se dépêtre, il se souvient d'une femme noire qu'il avait vue se promener dans la gare, avec un enfant qui tenait sa main droite, une valise dans la main gauche et dans son dos, un petit, accroché par un morceau d'étoffe, bien serré contre le dos de sa mère, dans le creux des reins, au niveau de la taille, avec les deux jambes de part et d'autre.

Alors Joseph va dans le coin des écharpes et des foulards, il en choisit plusieurs et décide de faire pareil. Mais comment réaliser ce tour de passe-passe sans faire tomber l'enfant ? Il ne peut pas la coller contre son dos avec une main et mettre l'écharpe de l'autre. S'il la lâche ? Et si elle tombe sur le béton ? Rien qu'à l'idée, il en est malade. Il ne peut pas non plus allonger la petite et s'allonger par-dessus, il va l'écrabouiller, même s'il ne prend que cinq secondes pour nouer à la va-vite le tissu autour d'eux. Alors il se dit qu'il va l'installer sur son ventre, tant pis ce sera moins pratique, mais au moins c'est faisable. Il l'assoit sur le guichet, la tient fermement, glisse une grande écharpe derrière elle, s'approche, met le ventre en avant, et d'un coup colle l'enfant à lui, noue l'écharpe derrière lui avec un nœud bien solide et serre à fond. Comme un tablier de cuisine. On dirait un kangourou. Avec son bébé dans une poche. Par sécurité, il noue un foulard par-dessus. Et une autre écharpe.

C'est quand même beaucoup plus pratique. Joseph se déplace, ses deux mains sont libres, il tape sur son clavier, porte les objets, les range. Bientôt la petite s'endort contre lui. Il sent son souffle léger et chaud contre son torse au travers du T-shirt. C'est comme un petit chauffage portatif. Une bouillotte d'appoint. Une petite force supplémentaire qui s'est greffée là, sur lui, et redonne de la chaleur à son corps qui se refroidissait lentement.

Quand Adèle débarque avec le repas de midi, elle les trouve ainsi collés l'un à l'autre.

— C'est beau, c'est bien, se contente-t-elle de dire en s'asseyant.

Joseph se tait.

— Au fait, tu l'as appelée comment ?

Joseph remue la tête. Il ne « l'appelle » pas.

— Ben si, il faut bien lui donner un prénom. Toi tu t'appelles Joseph. Moi c'est Adèle. Cette enfant doit avoir un nom, comme nous, comme tout le monde. Il n'y a pas de raison.

Joseph secoue à nouveau la tête. En fait, il a déjà réfléchi à la question. Il sait que tant qu'on n'a pas de nom, on n'existe pas vraiment. Ou que dès qu'on ne t'appelle plus par ton nom, comme en prison, tu n'existes plus. Il a déjà pensé à un prénom précis, un prénom qu'il n'ose pas évoquer depuis des années, un prénom qu'il s'est interdit de prononcer. Le plus beau des prénoms selon lui. Gabrielle.

Ils avaient eu huit, puis douze, puis dix-neuf, puis vingt et un ans. Ils étaient toujours « fourrés » ensemble, comme disait sa mère. Elle habitait la grosse ferme d'à côté. Ils allaient à l'école tous les deux, aux fêtes du village, dans la forêt, les prés, sur les chemins. Ils ne se parlaient pas, ils n'en avaient pas besoin. Enfin le croyait-il. Tout ce temps partagé l'un avec l'autre les liait d'une façon unique et incomparable. Elle était celle avec qui il avait passé son enfance, il était celui qui avait rempli la sienne. La meilleure garantie pour souder deux êtres. Dans les bois, il y avait deux arbres qui avaient poussé en s'enlaçant, leurs troncs s'emmêlant l'un avec l'autre. Il ne voyait pas de meilleure image pour se figurer leur croissance commune et leur enchevêtrement. Et surtout, il ne parvenait pas à mettre en mots cette interdépendance, ce plaisir sans cesse neuf et inépuisable de la retrouver, de tout faire avec elle, ce tressautement du cœur quand elle souriait ou disait son prénom. Il les vivait, mais ne les exprimait pas. Et surtout pas à elle.

Les couples se formaient, Joseph pensait que le leur éclorait bientôt, il suffisait de le proposer, ou de faire un geste qui transformerait leur coexistence en union. Prendre une main, effleurer une épaule, embrasser une joue. Mais il ne trouvait jamais le bon moment, il différait, attendait, se cherchait des excuses. Il se disait qu'avant la fin de la semaine il oserait. Mais les dimanches se finissaient dans la nuit et le silence, sous les conseils défaitistes de sa mère : « Mais qu'est-ce qu'une fille pourrait bien te trouver : t'es pas bien beau, pas bien malin, et en plus, t'as pas le sou. » Il ne voyait plus alors ce qu'il pouvait proposer à Gabrielle d'un tout petit peu attrayant dans sa propre personne. Pourtant, quand elle plantait le lendemain ses yeux dans les siens, il se sentait brièvement autorisé à toutes les audaces. Avant d'en trembler.

Les garçons commençaient à tourner autour de Gabrielle. Elle était la plus jolie de toutes, blonde, gracieuse, rieuse, c'était normal. Mais Joseph servait de rempart. Personne n'osait briser cette intimité entre eux. Heureusement. Cela lui laissait encore un peu de temps.

Mais un jour, il avait eu dix-huit ans et avait été appelé au service militaire. En partant, il n'avait su dire que : « Je reviendrai. » Pas « Attends-moi » ou « Dès que c'est fini, on se marie ! »

Non, il lui avait seulement lâché : « Je reviendrai. » Évidemment qu'il allait revenir. Il ne partait pas à la guerre. Seulement faire son service dans une caserne un peu lointaine, toutefois pas bien dangereuse. C'était l'occasion de s'endurcir, de devenir un homme, un vrai, et de trouver le courage de faire sa déclaration, s'était-il convaincu, pour donner un sens à cette absence intolérable.

« Je reviendrai. » Il avait eu le temps de se la répéter sa phrase nulle, sa phrase débile, sa phrase qui ne signifiait rien. Le soir dans son lit spartiate, le matin au-dessus de son café aqueux, la journée dans des manœuvres inutiles, des parcours du combattant, des séances de tir.

Il était revenu. Mais Gabrielle était partie. Oh, pas vraiment partie, mais elle était loin désormais. Elle était venue à la ferme le lendemain de son retour pour lui annoncer qu'elle allait se marier. Joseph ne se souvenait pas d'avoir déjà eu aussi mal. Comme une lame dans le ventre. Il était allé se cacher plusieurs jours dans la grange pour qu'on ne voie pas sa peine de bête blessée.

Il avait pensé au coucou, ce sale oiseau qui s'était mis dans son nid quand il l'avait su vide. Or il s'agissait d'Émile, et Émile était un gentil, pas un sournois. Il avait fait sa demande en bonne et due forme, Gabrielle avait accepté. Il n'y avait pas eu de coucou parce que en fait, il n'y avait pas eu de nid. Pas explicitement. Tout avait été pris, car tout était disponible. Il n'avait pas osé s'en saisir.

Joseph avait assisté à la noce, vu les enfants naître et grandir. Il n'avait plus jamais aimé. Les portes de son cœur étaient définitivement scellées. Personne ne serait à la hauteur de Gabrielle. C'était elle ou personne d'autre. Ce ne pouvait être elle, ce serait donc personne.

— Alors ? demande Adèle qui ne s'impatiente pas, parce qu'elle sait que parfois, avec Joseph, les choses prennent du temps.

— Gabrielle, murmure Joseph.

— C'est magnifique, Joseph ! C'est exactement cela ! Un prénom d'ange. C'est parfait ! Et puis Adèle et Gabrielle, c'est un peu pareil. Très bon choix ! se rengorge Adèle.

Joseph approuve. Quelques petits centimètres de sa blessure se referment. Il a maintenant une petite Gabrielle à aimer.

7
La meurtrissure de l'aube

Quand la journée se termine, et que le dernier tour des trains et des quais a été réalisé, Gabrielle toujours collée à son ventre, Joseph rassemble quelques objets abandonnés qui pourront lui servir chez lui, un matelas à langer, des biberons, des peluches, des jouets, installe la petite sur un coussin dans la poussette que personne, heureusement, n'est venu chercher et l'attache bien.

— Un vrai carrosse de princesse, lui susurre-t-il tendrement.

Ils sortent de la gare et progressent dans la nuit noire. Joseph sifflote, même s'il est chargé comme un mulet. Il ne s'est jamais senti aussi léger. Au pied de son immeuble, avec son barda, la poussette à monter, les marches qui n'en finissent pas, il est pourtant tout guilleret. Et lorsqu'il ouvre la porte de son appartement qu'il a chauffé toute la journée, il se sent bien, chez lui, à la maison. Il se dit que peut-être on a enfin trouvé son chez-soi quand on est heureux d'y ramener quelqu'un et que celui-ci s'y sent bien aussi.

Il poste la petite au milieu de la pièce dans sa poussette. Il peut ainsi aller et venir dans l'appartement sans qu'elle le quitte des yeux.

Il a peur qu'elle s'ennuie. Alors il sort une à une les peluches d'un grand sac.

Un lapin rose ? Rien. Aucune réaction. Il va falloir que Joseph se sorte certaines idées toutes faites de la tête, les filles n'aiment pas forcément le rose.

Un éléphant bleu ? Pas mieux. Gabrielle détourne les yeux.

Un mouton tout doux, qu'il approche de sa joue. Elle fait une grimace.

— Dis donc, t'es difficile tout de même ! Ce n'est pas parce que tu es dans une poussette de princesse que tu dois avoir des goûts assortis !

Joseph n'est pas très patient. Il se dit que cela aussi il va devoir l'apprendre.

Un dromadaire ? C'est plus exotique. La petite fronce les sourcils. Elle ne doit pas connaître.

Joseph sort finalement le dernier truc qui vient, une sorte d'ours brun tout râpé et tout râpeux, qui n'a pas l'air tout propre et qui ne sent pas très bon. En plus il lui manque une oreille, à cette peluche qui n'est pas de toute première jeunesse. Mais le visage de Gabrielle s'éclaire et elle tape les montants de sa poussette. Elle le veut.

— Eh bien, tu aimes les vieux machins, ma parole, tu es comme moi !

Joseph examine l'animal plus attentivement :

— Tu as raison, il a un air sympa cet ours, il a dû en voir de belles, il a vécu, tu pourras lui confier tes soucis, il sera de bon conseil.

La petite fille le serre de toutes ses forces. Joseph la regarde tendrement.

— Bon, ce n'est pas le tout, ma cocotte, mais ça ne va pas se faire tout seul, comme dirait Adèle ! J'ai la soupe à préparer, je te signale, et du linge à laver, parce que au cas où t'aurais pas remarqué, il n'y a pas de machine ici ! C'est tout à l'huile de coude ! Et cochonne comme tu es, maintenant, je vais avoir double de travail !

Le sourire de Joseph contredit ses propos. Il est bien content d'être utile, et d'avoir à frotter des petits pyjamas en plus de ses chaussettes sales.

— Bon, tu t'occupes avec ours puant (je te le dis tout de suite, lui aussi va devoir passer par la case savon très prochainement) et moi je m'occupe avec mes légumes.

Joseph s'attable avec ses carottes, ses pommes de terre et son couteau, qu'il conserve toujours sur lui. Derrière son dos, il entend des petits bruits de vie, tout discrets, d'un enfant qui remue, qui tète, qui essaie de faire des sons avec sa voix. Cette présence si ténue suffit à emplir totalement et l'espace et le cœur de Joseph.

Il pense, tout en épluchant, aux aménagements qu'il va devoir faire : un petit lit à construire, un espace de jeu à créer, des étagères pour tout ranger, une chaise haute. Il y a du boulot ! Et puis enlever tout ce qui est dangereux, les fils électriques qui traînent, les angles aigus des meubles...

Pendant que la soupe cuit, Joseph change l'enfant. Il est plus à l'aise désormais. Couche, body, nouveau pyjama, il enchaîne les gestes avec sûreté, voire avec aisance. Il prépare ensuite le biberon, qu'il donne tranquillement.

— Maintenant c'est mon tour !

Joseph déguste sa soupe devant la petite dans sa poussette, de l'autre côté de la table.

— Tu veux goûter ?

La petite a l'air d'accord.

Il lui glisse une petite cuillère dans la bouche, non sans avoir bien soufflé dessus pour qu'elle ne se brûle pas . Elle avale et ouvre la bouche immédiatement.

— Ha, ha, tu aimes ! Et tu as bien raison ! Elle est bonne la soupe de Joseph, hein ! Allez, une cuillerée pour moi, une cuillerée pour toi !

L'assiette se vide rapidement. Joseph va devoir cuisiner davantage.

Mais tout à coup, alors que Joseph fait tranquillement la vaisselle, Gabrielle se met à hurler. Joseph accourt et s'affole.

— Qu'est-ce qui se passe, ma crevette ? Ça ne va pas ? Qu'est-ce qui t'arrive ?

La petite hurle de plus belle. Le problème, avec les bébés, c'est qu'ils ne parlent pas, ils ne savent pas dire ce qu'ils ont. Joseph doit trouver tout seul. Il mesure alors combien il n'y connaît rien en enfant. Et si c'était la soupe ? Il n'aurait peut-être pas dû lui en donner. À quel âge commence-t-on à manger autre chose que du lait ? Oh non, si ça se trouve, il l'a empoisonnée ! Et si son estomac ne supportait pas encore les légumes ! Joseph attrape la petite par les pieds et la tient la tête en bas pour qu'elle vomisse. Ce qu'elle ne fait pas. Non, elle pleure encore plus.

À moins que ce ne soit l'inverse ! s'interroge Joseph. Elle a encore faim. Oui, c'est ça ! Joseph court refaire un biberon, d'une main, le bébé dans l'autre.

— Là, là, ça vient, ça vient…

Joseph essaie alors de glisser la tétine dans la bouche de Gabrielle. Elle la rejette avec dégoût.

— Bon, ce n'est pas ça. Ce n'est pas la peine de prendre cet air outré quand même ! Je fais ce que je peux, vois-tu.

Gabrielle répond par un nouveau hurlement.

— Tu as froid ?

Joseph touche ses mains, ses oreilles et son petit nez, il est frais, comme la truffe d'un chien, c'est bon signe. Mais les pleurs se renforcent.

— Oh ! lala ! mais ce n'est pas possible, qu'est-ce qu'il faut faire ? Tu as besoin d'un câlin ?

Gabrielle se cambre en arrière dans ses bras. Elle est rouge de colère et toute tendue.

— Mais quoi, alors ?

Joseph est comme une mouche prisonnière dans une pièce en verre. Il se cogne à toutes les parois. Il erre. Il ne sait pas. Alors, à court d'idées, il décide de couvrir les cris par de la musique. Il met un CD, le premier qui lui tombe sous la main, et tourne le bouton du volume à fond. C'est une valse musette avec de l'accordéon. Joseph essaie de faire danser Gabrielle en attrapant sa petite main et en tournant maladroitement et désespérément dans une drôle de chorégraphie dégingandée. Mais rien n'y fait, l'enfant s'époumone.

Soudain, on frappe à la porte. Des coups forts et rapprochés.

— Ce n'est pas bientôt fini, ce boucan ?

Joseph ne bouge plus. Il met sa main sur la bouche de la petite. On frappe encore.

— Vous vous croyez en boîte de nuit ?

Joseph voudrait bouger, aller éteindre la musique. Mais il est pétrifié. Tout remonte.

Comme si c'était hier.

Ils sont venus un matin à l'aurore. Ils ont tapé à la porte de la ferme, des coups violents, rapprochés, jusqu'à ce que la mère, en robe de chambre, descende leur ouvrir. Ils l'ont sorti de son lit, brutalement, et l'ont mis à genoux. La mère criait. Le père était déjà mort. Il aurait pris le fusil.

Il ne comprenait rien. On lui hurlait dessus. Comme des chiens qui aboieraient à quelques centimètres de son oreille.

Ça paralysait son cerveau. « Tu lui as fait quoi à la petite Leblanc, hein ! », « Tu lui as fait quoi, salopard ! » Il avait reçu des coups de pied dans le ventre et protégé sa tête de ses deux mains nues. « Habille-toi ! » Il avait enfilé ses vêtements sans réfléchir, il en était incapable. « La petite Leblanc, ça te dit quelque chose ? Mais bien sûr que ça te dit quelque chose, gros porc ! »

La petite Leblanc, c'était l'enfant de la maison de pierre en haut de la colline. Elle s'appelait Ombeline. Elle avait onze ans. Des nattes. Elle se promenait souvent seule. Elle lançait des cailloux dans la rivière. Elle était la dernière de huit enfants, ses parents ne s'occupaient pas beaucoup d'elle. Joseph la croisait de temps en temps, ils s'asseyaient sur un rocher et contemplaient les arbres. Parfois ils fabriquaient des bateaux ou des petits moulins. Ils ne se parlaient pas.

On l'avait poussé vers la porte une fois qu'il avait été à peu près vêtu. Il était tombé. Un bon coup de pied dans l'épaule était censé le remettre d'aplomb. Il était retombé à quatre pattes. Ils avaient ri. Quand il s'était enfin relevé, il leur avait foncé dessus en hurlant, un cri de bête, la tête en avant, ses grosses mains prêtes à attraper, taper, griffer, défendre. Il n'en avait pas eu l'occasion. Un coup s'était abattu sur sa tête par-derrière. Il avait perdu connaissance.

Se débattre avait été la preuve qu'il était coupable, qu'il avait quelque chose à se reprocher. Mais ne pas se débattre l'aurait été tout autant. Quoi qu'il eût fait, Joseph était piégé.

Il s'était réveillé dans une cellule froide de la gendarmerie, à côté d'un vieil ivrogne qui dessoûlait en psalmodiant des mots incompréhensibles.

Il n'avait pas craqué pendant les longs interrogatoires qui avaient suivi. Non, il n'avait pas agressé la petite Leblanc, oui, il la connaissait, il la voyait souvent au bord de la rivière, il lui avait appris à faire des petits moulins. Non, il ne lui avait pas fait de mal. Il en était incapable.

— Tu n'as pas de femme, Joseph ? Comment ça se fait ?

Ça se faisait qu'il y avait Gabrielle, mariée à un autre, et que son cœur ne pouvait en guérir. Mais ça, il ne l'avait pas dit, c'était son secret.

— C'est parce que t'aimes bien les gamines, hein, Joseph, avoue !

Il avait été tenté d'avouer n'importe quoi, pour que ce cauchemar finisse, et puis il s'était dit qu'il devait s'accrocher à la seule chose qui lui restait : ce qu'il savait vrai, les faits, la vérité, sa dignité.

Il avait été incarcéré deux ans, en attendant son procès. Il n'y avait pas eu de preuves de sa culpabilité. Il avait été relâché. Traînant désormais ses deux années de prison comme une plaie ouverte, comme une cicatrice indélébile. Marqué à jamais. Il n'avait pas voulu revenir à la ferme. Quel accueil y aurait-il reçu ? Sa mère n'était jamais venue le voir en prison. Pas une seule fois. Gabrielle, si. Mais c'était une telle douleur de la voir entre ces murs qu'il l'avait suppliée de ne jamais remettre les pieds au parloir. Elle avait obéi. Alors, quand il était sorti, il avait pris le premier train, qui allait à Paris, et avait quitté l'Ardèche définitivement pour tenter de « refaire » sa vie. Il l'avait péniblement prolongée.

Les coups sur la porte reprennent. Violents. Mats. Joseph revient au présent. Gabrielle, dans ses bras, ne pleure plus. Il marche prudemment, tel un échassier, vers son lecteur CD, pour baisser le volume. Puis il se terre dans un coin, recroquevillé, avec la petite contre lui, en se balançant régulièrement sur lui-même, comme un rocking-chair vide.

Mais le voisin a décidé de ne pas en rester là. Il donne de grands coups de pied dans le bas de la porte et reprend ses invectives :

— Pourrir comme ça la vie des gens ! Faut être une sacrée bande de salopards quand même !

Là, c'en est trop ! Joseph ne se laissera plus insulter. Il ne tolérera pas ces mots-là, pour lui et la petite. Il pose Gabrielle sur son lit et ouvre la porte d'un coup sec en bombant le torse. Le voisin recule. Son arrogance a soudain disparu.

— 'Y a un problème ? demande Joseph de sa grosse voix en dominant son interlocuteur d'une bonne tête.

— C'est que... vous faites un peu, beaucoup, pas mal de bruit, tout de même, répond l'homme d'une voix mal assurée.

— Et ça vous donne le droit de cogner sur les portes et d'insulter les gens !

Joseph se déploie davantage et son air n'a rien d'amical.

— Pas forcément, souffle l'homme qui rapetisse à mesure que Joseph grandit.

C'est maintenant une toute petite chose perdue sur un paillasson.

Joseph jette un œil vers son lit pour s'assurer que la petite n'a pas roulé. Elle est sur le dos, toute contente, et agite les bras de part et d'autre comme si elle voulait prendre son envol. Joseph se détend immédiatement. Son petit ange est là et remue joyeusement.

Quand Joseph se retourne vers la porte, le voisin n'est plus là. Joseph crie gaiement dans le couloir :

— On n'a plus le droit de s'amuser un peu ? On ne peut plus faire la fête ?

— Si, si, tout à fait, pardon, s'excuse l'homme en fuyant dans le couloir. Bonne fête alors ! conclut-il piteusement avant de rentrer dans son appartement.

— Hé, hé, que de la gueule ! balance Joseph en retrouvant Gabrielle, bien content de son petit effet. Oh, pardon, faut que je surveille mon langage avec toi ! Bon, tu as l'air d'aller mieux, toi. Tu nous as fait un petit coup de calcaire ! Remarque, moi aussi. Pas dans le même genre, mais tout de même…

Joseph prend Gabrielle contre lui :

— Bon, cocotte, quoi qu'il en soit, faut faire profil bas. Toi et moi, on doit passer inaperçus. Se fondre dans le décor. Être invisibles. Et inaudibles aussi. Alors tes grands cris, là, tu oublies, parce que sinon on va se faire repérer. Tu as le droit de hurler au parc, dans la rue, mais au bureau ou dans l'appartement, c'est niet ! Tu as bien compris ! Tu ne le sais pas, mais les gens sont dangereux. Le monde est cruel. Il te met la main dessus un beau jour et te prive de ta liberté. Il faut se méfier.

8
Visite-surprise

La nuit est tranquille et le matin doux. Gabrielle ouvre les yeux lentement et se met à babiller. Joseph ouvre alors les siens et se tourne vers le couffin au pied de son lit. Ils se sourient. C'est bon de se réveiller à côté de quelqu'un.

Joseph se lève, prépare le café et le biberon. Il donne le lait et prend le café. Une fois prêts, ils descendent, Joseph porte la poussette où trône Gabrielle. Quand ils passent devant le Relais H d'Amin, celui-ci détourne le regard. Joseph hausse les épaules. Il file chez Adèle. Qui l'accueille avec un grand café fumant.

— Il me semble que vous avez bien dormi vous deux !

Joseph acquiesce, le nez au-dessus des vapeurs caféinées. Puis il se lance :

— Dis…

Adèle écoute attentivement. Ce n'est pas si souvent que Joseph a l'initiative d'une conversation.

— Elle mange quoi la petite ?

— Du lait Joseph, tu as bien vu !

— Et de la soupe !

— Tu lui as donné de la soupe ?

Joseph hoche la tête.

— Le problème, c'est qu'on ne sait pas quel âge elle a exactement ! Les légumes, c'est à partir de six mois, la viande c'est huit mois je crois, enfin peut-être que ça a changé… Faudrait l'emmener chez le pédiatre pour savoir.

Joseph fait non en agitant les mains.

— Oui, tu as raison, c'est trop dangereux. Il va vouloir la signaler et la garder et on ne la reverra plus. Mais comment faire ? Bon, écoute, laisse-moi la matinée pour réfléchir.

Joseph et Gabrielle repartent, l'un poussant l'autre. Il ouvre son bureau, installe la poussette derrière le comptoir et commence à classer et à ranger les objets trouvés. La matinée passe, Gabrielle joue tranquillement avec Ours Puant.

Vers 11 heures, Joseph entend une voix qui lance un grand « bonjour » affirmé. Joseph passe la tête entre deux étagères et sursaute : c'est le directeur de la gare. Un grand homme maigre, chevelu, avec d'épais sourcils. Joseph a juste le temps d'attraper une couverture et de la jeter sur la poussette.

— Bonjour, Joseph, reprend plus bas le directeur.

— Bonjour, monsieur, répond Joseph.

— Comment allez-vous Joseph ?

— Bien. Merci.

Joseph se tait. Il se demande pourquoi cet homme a quitté son beau bureau pour venir le voir. Est-ce qu'il est au courant de quelque chose ? Joseph tremble, mais ne laisse rien paraître de sa peur. La prison lui a appris cela aussi : ne jamais montrer ses émotions. Être illisible.

— Toujours aussi bavard, Joseph, à ce que je vois ! poursuit le directeur. Remarquez, c'est toujours mieux que de parler pour ne rien dire. Bon, je viens voir comment ça se passe…

— Bien, le coupe Joseph.

— Pas de nouveauté ?

— Non.

— Rien de remarquable, d'un peu différent, on m'a signalé que...

— Rien, le coupe à nouveau Joseph.

— C'est-à-dire qu'on m'a rapporté quelque chose, et que cela me contrarie... Parce que avec le passé que vous avez, Joseph, vous savez bien que vous ne pouvez pas vous permettre le moindre écart, n'est-ce pas ?

Joseph ne répond plus rien. Ne pas parler. Ne pas avouer. Il connaît. Le directeur est au courant de son « accident » judiciaire. Il a un casier, comme on dit, c'est-à-dire qu'il est dans une case, celle des coupables, de ceux qui un jour ont eu affaire à la justice, peu importe qu'ils soient finalement innocentés. C'est dans son dossier. C'est comme tatoué sur sa peau. Cela le précède et le suivra toujours. Le directeur le sait. Et Joseph sait qu'il sait. Ce qui crée cet épais silence entre eux. Et cet embarras qui grossit. Le directeur tente un pas de côté, une petite échappée.

— Montrez-moi vos fichiers, vous voulez bien ?

Joseph opine. Le directeur fait le tour du comptoir et ne se retrouve pas très loin de la poussette. C'est à ce moment-là, précisément, que Gabrielle bouge et fait un petit bruit, cachée sous la couverture.

— Et ça c'est quoi ? l'interroge le directeur.

— Un chat. C'est un chat. Quelqu'un a oublié son chat. Je dois l'apporter à la SPA tout à l'heure.

Joseph a si peur que Gabrielle soit découverte qu'il parle, parle, qu'il utilise beaucoup de mots, beaucoup trop. Il en devient suspect.

— Je peux voir ?

— Non ! martèle Joseph avec crainte et autorité.

Le directeur le dévisage bizarrement.

— C'est un chat qui mord ! ajoute Joseph d'un trait, parce qu'il vient de trouver cette idée, par hasard, elle lui est pour ainsi dire tombée dessus.

— Un chat qui mord ! Ce sont plutôt les chiens qui mordent, non ? fait le directeur, intrigué.

— Oui, mais celui-ci est spécial. C'est un chat qui se prend pour un chien.

Joseph invente. Joseph brode. Joseph raconte n'importe quoi !

— Ha ! Eh bien, je veux bien voir ça !

Le directeur s'approche de la poussette et a déjà la main sur la couverture quand Adèle débarque. En un coup d'œil, elle comprend tout :

— Ah, bonjour, Monsieur le directeur ! Vous tombez bien, je voulais vous voir. J'ai demandé un rendez-vous à votre secrétaire, elle devait passer, je l'attends encore ! Parce que ça ne va pas du tout, Monsieur le directeur, mais alors pas du tout !

Adèle inonde le directeur d'un flot de paroles ininterrompu. Le robinet des mots est ouvert et noie cet homme, qui en oublie ce qu'il s'apprêtait à faire :

— Venez donc voir ! Ce n'est vraiment plus possible ! Non, mais suivez-moi !

Adèle prend le bras du directeur et le tire littéralement vers la sortie.

— C'est un scandale, véritablement, une honte. Parce que figurez-vous que… poursuit Adèle en éloignant le directeur et en faisant un petit geste de la main à l'attention de Joseph pour lui signifier de déguerpir au plus vite.

Ce que Joseph fait dare-dare, poussant Gabrielle à toute berzingue dans la gare. Il ne sait pas où aller. Alors il continue sa course sans s'arrêter. Il arrive sur le boulevard Magenta et poursuit comme un fou, la poussette bringuebale devant lui, Gabrielle est charriée de gauche à droite, elle se met à rire. Les passants se retournent. Et il comprend, à leurs airs réjouis, qu'ils voient un homme qui amuse un enfant, et non un homme aux abois, un homme qui fuit.

Il s'arrête. Il prend la petite dans ses bras. Elle change tout. Elle transforme tout. Ils marchent calmement sur le large trottoir, en traînant le carrosse ralenti. Ils longent l'église Saint-Laurent et se dirigent, sans le vouloir, vers l'eau. Il retourne toujours à l'eau, même domestiquée. Le canal Saint-Martin et ses ponts. Le vent souffle dans les arbres qui le bordent. Ils n'entendent plus les voitures ni ne perçoivent l'agitation parisienne. Joseph repose la minuscule dans sa poussette. Ils avancent sur les pavés qui font tressauter les roues. C'est comme un manège bon marché. Gratuit même. Cela lui chatouille le ventre. Gabrielle rit à nouveau, encore plus fort que la première fois. Ils sont sauvés.

Ils reviennent peu à peu vers la gare, lentement, c'est leur point de repère dans la grande ville, c'est là aussi qu'il y a le lait et les biberons, et ça doit être l'heure parce que Joseph aussi a faim.

Ils choisissent de rentrer par l'autre côté de la gare. C'est une sorte d'instinct qui les guide. Ils évitent ainsi la boutique d'Amin et arrivent directement dans la petite cafétéria d'Adèle.

— Vous étiez où ? chuchote-t-elle.

Joseph montre du menton la ville si grande, si dense. Et l'eau toute proche.

— Bon, Joseph, le dirlo se doute de quelque chose. Il m'a posé des tas de questions. À mon avis, Amin a balancé. Évidemment, j'ai fait ma cruche. Mais là, faut que tu te méfies, il te surveille. Tu risques de te faire choper avec la petite.

Joseph s'assoit et prend sa tête entre ses mains. Quand cela cessera-t-il donc ? Quand le laissera-t-on en paix ?

— Alors voilà ce qu'on va faire, Joseph. Enfin, si tu es d'accord. Je vais ramener la petite chez moi ce soir, et elle restera à la maison demain avec Jules, c'est son jour de repos. Histoire que les choses se calment. Et qu'on s'organise.

Joseph fait non de la tête. Obstinément. Le front bas. Les yeux rivés au sol. Il ne veut pas laisser Gabrielle, même à Adèle. C'est hors de question.

— Il faut être raisonnable, Joseph. C'est l'affaire de quelques jours… Là, tu vas te faire prendre, et vu le passé que tu as…

Encore. Joseph relève la tête. Ainsi Adèle est au courant. Il ne lui en a pourtant jamais parlé. Mais ça doit se voir, sur son visage, dans son corps, peut-être pas le détail de l'histoire, mais du moins ces deux années dans l'enfer d'une cellule.

Joseph regarde la petite dans sa poussette. Il sait que c'est la bonne solution. Son cœur a mal, mais il n'a pas d'autre choix. S'il ne veut pas être séparé de Gabrielle pour toujours. Il se dit que la vie est bizarre. Il y a quelques jours, il ne la connaissait pas. Pourtant aujourd'hui, l'idée de passer du temps sans sa petite présence lui est insupportable.

Il s'apprête à s'en aller sans un mot, mais Adèle le retient par la manche :

— Non, tu lui parles, Joseph, tu lui expliques. Les enfants ont besoin qu'on leur dise les choses même s'ils ne comprennent pas tout.

Joseph se penche vers l'enfant et lui murmure tout bas, comme un secret :

— Écoute, ma cocotte, tu vas aller passer un peu de temps chez Adèle et Jules. Parce que ici, c'est devenu dangereux pour nous. On va se faire prendre et on va nous séparer, et cela, il faut l'éviter absolument. Tu verras, tout va bien se passer. Ils sont gentils. Tu seras bien. Et on se retrouve très vite, je te le promets. Hein, mon petit chat qui se prend pour un chien ?

La petite regarde Joseph avec intensité. Ses deux billes noires ne lâchent pas Joseph et semblent lui dire : « tu n'as pas intérêt à me laisser, je te préviens. »

Joseph part sans se retourner, le cœur lourd, le pas traînant, la tête basse.

Il passe devant le kiosque d'Amin. La rage le saisit. Il a envie de cogner. Il n'en ferait qu'une bouchée de ce petit homme maigre, lui, le colosse. C'est lui le maudit, par le mal qu'il répand, et non cet enfant qui n'a rien demandé, qui a simplement une tache innocente dans le dos. Joseph regarde les caméras qui emplissent la gare. S'il s'énerve, s'il attaque, s'il délabre, tout sera filmé. Il préfère s'éloigner.

Il regagne son bureau, range, classe, trie, enregistre, fait ce qu'il a à faire, ce qui justifie son salaire. Puis il arpente l'immense capharnaüm de long en large. Cette caverne d'Ali Baba. Ces empilements d'objets oubliés, ces choses qui prolifèrent partout. Qui le contemplent de toute leur hauteur, leur instabilité, et l'interrogent. Ces manteaux, ces ballons, ces instruments, ces ordinateurs, ces bijoux, ces livres, ces vélos. Pourquoi les gens ont-ils tant ? Pour perdre ? Et s'ils peuvent perdre autant, sans chercher à remettre la main dessus, à quoi tiennent-ils donc ? À peu, en somme. À très peu, si on y pense bien. Et cela vaut pour lui aussi. Joseph considère comme précieuses et indispensables très peu de choses. Très peu d'êtres. Surtout un, là, en fait.

Le soir est venu, il ne peut pas rentrer chez lui. Il verrait le couffin vide, la table à langer de fortune sans occupant, les peluches refusées, tous ces objets qui diraient l'absence. Alors il marche. À l'aventure. Sans but. Pour se fatiguer. Pour user ce corps et vider cette tête qui n'a que des images poignantes de l'être fragile qui a atterri chez lui. Il n'est qu'une carcasse qui s'épuise et qui espère que chaque pas l'allégera davantage. Il croise des gens, des églises, des immeubles, des rues. Il ne reconnaît rien. Il ne voit rien.

Au petit matin, il retourne à la gare. Il a réussi à passer la nuit.

9
Permis de vivre

Il fonce vers son bureau, tout droit, il ne s'arrête pas chez Adèle, il lui en veut d'avoir gardé Gabrielle en même temps qu'il lui en est reconnaissant, mais des deux sentiments, c'est le ressentiment qui triomphe.

Adèle arrive dix minutes plus tard avec un café qu'elle dépose sur le comptoir. Elle ne prononce pas un mot. Elle comprend le tiraillement de Joseph et le respecte. Ce qui est bien, avec les amis, c'est qu'on n'a pas toujours besoin de parler. Ni de se justifier.

Sur le gobelet du café, elle a quand même laissé un Post-it : *Ce soir, je passe te chercher, on ira voir Gabrielle. Bonne journée (enfin aussi bonne que possible).*

Elle va être longue. Joseph se met en mode robot : tri, enregistrement, rangement. Le temps va passer ainsi, s'écouler comme du sable fin, sans rien qui accroche. Jusqu'au soir.

— Bonjour, monsieur.

C'est une petite voix tremblotante qui s'improvise caillou et forme un bouchon dans la chute des secondes. Joseph ne veut pas être perturbé, dérangé, il n'est pas d'humeur. Il choisit d'ignorer le salut.

— Bonjour, monsieur, retente la frêle voix, en y ajoutant, excusez-moi de vous déranger.

Joseph passe une tête entre deux livres d'une étagère. Une petite vieille se tient là, aussi droite qu'elle le peut et que sa canne le lui permet. Elle est entièrement habillée en mauve. « Il n'y a bien que les séniles ou les fans de la reine d'Angleterre, ce qui revient au même, pour s'habiller ainsi », pense Joseph. Il fait un pas en arrière.

— Vous vous cachez ? Vous n'avez envie de voir personne ? Comme je vous comprends ! Moi-même je n'aime pas toujours la compagnie. Mais je m'engage à ne vous voler que quelques minutes de votre solitude. S'il vous plaît. Monsieur.

La petite dame patiente, les deux mains sur sa canne. Elle a l'air doux, mais tenace. Il vaut mieux s'en débarrasser tout de suite.

— Que puis-je pour vous ? consent Joseph de mauvaise grâce en bondissant vers elle.

— Hou, vous m'avez fait peur ! (Et elle porte une main à son cœur.) Je vous remercie bien, Monsieur, de me consacrer quelques instants. Alors voilà, j'ai oublié il y a quatre jours dans le train de 20 h 37 en provenance de Nancy – j'étais chez ma fille cadette – mon violoncelle.

Joseph hausse les sourcils.

— Oui, je sais, vous croyez que je divague, qu'un petit gabarit comme moi, qui se ratatine de surcroît, ne peut jouer d'un instrument si grand, encore moins voyager avec. Eh bien, sachez, cher Monsieur, qu'il ne faut pas se fier aux apparences ! J'étais déjà violoncelliste dans l'orchestre de Paris que vous appreniez à peine à marcher dans les jupes de votre mère ! (Et la vieille dame tape le sol de sa canne pour donner davantage de crédit à son assertion.) Je suis encore bien capable de vous en remontrer avec un archet dans les mains, foi d'animal, même si j'ai l'air d'une vieille Anglaise qui sucre les fraises !

Joseph fronce les sourcils.

— Vous, par exemple, vous avez l'air d'un ours mal léché et pourtant je suis certaine que vous êtes un père extraordinaire.

Joseph sursaute.

— Il n'est qu'à voir cette trace de lait que vous avez sur l'épaule gauche, qui dit assez que vous prenez souvent votre enfant dans vos bras, et cette peluche que vous venez de reposer sur l'étagère l'air de rien et qui doit être un doudou.

Joseph recouvre son sang-froid. « Très forte, la vieille dame mauve ! » songe-t-il même.

— Bon, il est vrai que même si je suis observatrice et fine psychologue, je commence tout de même à perdre légèrement la boule. D'où l'oubli de mon instrument, qui est désormais mon seul compagnon depuis le décès de mon cher époux. M'aideriez-vous à le retrouver ? Je vous en serais très reconnaissante. Mon violoncelle est très important pour moi.

Joseph acquiesce.

— Merci mille fois. Alors il est dans un étui en cuir vert, et il y a « Gisèle » écrit dessus. Oui, je sais, c'est un prénom d'un autre siècle, mais voyez-vous, je ne suis plus de toute première jeunesse non plus, il faut bien l'admettre.

Gisèle sourit sous son petit chapeau pastel et Joseph lui rend son sourire.

— Je puis peut-être vous aider à chercher dans ce grand dédale ? propose-t-elle.

Joseph s'approche, prend la vieille dame par le bras et la conduit au rayon des instruments de musique. Par sécurité, il est interdit de faire entrer les clients dans la réserve des objets trouvés, mais Joseph n'en a cure. Ils parcourent ensemble les étagères.

— Eh bien, dites donc, les musiciens sont définitivement une espèce tête en l'air ! Vous avez de quoi constituer un véritable orchestre avec tout ce que vous avez là !

Soudain Gisèle s'arrête, désigne un objet de sa canne et murmure dans un souffle ému :

— C'est lui !

Joseph descend le précieux étui de la plus haute étagère et l'ouvre avec précaution. Il en sort le violoncelle et le met dans les bras de Gisèle qui le serre comme un ami perdu et retrouvé. Des larmes coulent sur les joues diaphanes de la vieille dame.

— Je ne sais, Monsieur, comment vous exprimer ma reconnaissance. Je suis si heureuse...

Elle ouvre son sac à main et sort son porte-monnaie. Elle tend les 5 euros réglementaires et sort un autre billet de 50 euros. Joseph refuse de la tête, les mains sur les hanches, l'air fâché.

— Je puis vous jouer un petit air peut-être ? se rattrape-t-elle.

Joseph sourit. Cette rétribution lui convient. Il va chercher une chaise et l'installe devant son comptoir. Gisèle ôte son manteau mauve, ses gants, mais garde son chapeau. Elle s'assoit avec grâce et place l'instrument entre ses jambes.

— Je vais vous jouer les *Suites pour violoncelle* de Bach. Cela s'impose. Je ne vois pas comment fêter autrement mes retrouvailles avec mon cher instrument.

Joseph ne comprend pas tout, mais il prépare ses oreilles et son cœur.

— Le grand Rostropovitch, avec lequel je n'aurai pas l'outrecuidance de me comparer, a joué ces *Suites* alors que le mur de Berlin tombait et que l'Allemagne redevenait un seul pays unifié. Ce fut un grand moment de musique.

Gisèle pose ses doigts et son archer sur les cordes. Et commence à jouer. Un son clair s'élève de son violoncelle. Bien vite, les notes se succèdent en cascades sous les phalanges habiles de l'instrumentiste, qui n'a pas menti sur son talent. Joseph pense à la rivière de son enfance, à son écoulement continu, perturbé par quelques pierres qui en dévient parfois la course. L'eau, toujours.

Peu à peu le silence se fait dans le hall de la gare de l'Est. C'est comme si les trains ne partaient plus, comme si les gens ne couraient plus, n'achetaient plus rien, ne rejoignaient plus personne, toute activité est suspendue. Un petit cercle se forme autour de Gisèle qui ne le voit pas, toute à son violoncelle et aux sensations qu'il soulève. Joseph est ébahi. Ce petit bout de femme qui ne paye pas de mine est capable de charmer, de retenir et d'unir tout ce monde par le seul pouvoir de ses mains. Ne pas se fier aux apparences, elle avait raison.

Lorsque Gisèle lève son archer et que le dernier son s'évanouit dans la hauteur de la voûte, un long silence s'installe, que personne n'ose troubler. Gisèle repose délicatement son violoncelle dans l'étui, range son archer, se lève et salue. Personne ne pense à l'applaudir. L'émotion est trop forte. Elle remet son manteau, attrape son instrument et s'en va à petits pas. En passant devant Joseph, elle lui glisse tout doucement :

— Merci, Monsieur. C'est si bon de retrouver ce qu'on croyait avoir perdu.

Joseph finit la journée le cœur plus léger. Il sait que des retrouvailles l'attendent lui aussi. Qu'elles sont peut-être plus vastes qu'elles ne le laissent paraître. Il ne retrouve pas seulement Gabrielle, mais une part de lui-même qu'il avait profondément tue, une permission de vivre vraiment et de rêver, une chance d'avoir une petite part du festin, un laissez-passer pour la joie, enfin.

Et quand Adèle se présente à son comptoir, il lui sourit. Ils prennent le train jusqu'à Chelles et marchent jusqu'à une petite maison en meulières. Jules leur ouvre la porte, Gabrielle dans les bras. C'est comme si on pinçait Joseph directement au cœur avec un outil métallique. Le poinçon de la jalousie. Le même que lorsque Gabrielle, la grande, avait épousé Émile. Une envie d'arracher, de hurler, de taper. Mais quand la petite Gabrielle l'aperçoit, elle se met à pousser de petits cris suraigus et à lancer frénétiquement sa tête vers l'avant. On dirait un petit pivert ! Qui fait bien rire tout le monde !

— Eh bien, en voilà une qui est contente de te voir, Joseph, lui confirme Jules dans l'entrée de la maison. Tiens, je te la passe. Je suis crevé. Je crois que je préfère encore aller travailler ! C'est moins fatigant que de s'occuper d'un bébé à plein temps ! Je suis sur les rotules.

— Tu ne veux tout de même pas qu'on te plaigne, mon chéri ! le raille Adèle en prenant son mari par le bras et en l'embrassant dans le cou. Ça te prépare au jour où tu seras grand-père…

— Crois-moi, je ne suis pas pressé !

Jules s'affale dans le vieux fauteuil en cuir du salon en soupirant d'aise. Joseph garde la petite dans ses bras et la câline doucement. Il avait oublié à quel point elle était minuscule, légère et belle ! Adèle s'affaire et prépare l'apéritif.

— Attendez, j'ai fait pas mal de choses quand même aujourd'hui avec elle ! Des mots croisés, elle est douée d'ailleurs, les courses, on a eu plein de choses gratuites, car les commerçants la trouvaient trop mignonne. Après on est allés prendre un petit café au coin, bon, elle n'a rien voulu commander. Et on est allés chez le pédiatre.

Joseph et Adèle s'immobilisent brusquement.

— Ne vous inquiétez pas, j'ai fait mon idiot. Le grand-père gâteux qui ne connaît rien à rien. Qui doit garder sa petite fille pour la journée et qui ne s'en sort pas. Qui panique. Qui croit que la petite a de la fièvre. Je lui ai joué de la flûte, croyez-moi. Et il a gobé toute l'histoire ! Il ne m'a même pas demandé le carnet de santé ni rien de rien.

Joseph et Adèle respirent.

— Ça m'a permis de savoir qu'elle a environ six mois, qu'elle est un peu petite et maigre pour son âge, mais que tout cela se rattrape. Qu'elle peut manger des légumes et des fruits, mais qu'il faut les lui faire goûter un par un pour être sûr qu'elle n'est allergique à aucun d'entre eux, et de la viande aussi, et des œufs. Et que quand on perd le carnet de santé, il faut en demander un neuf à la PMI et le médecin qui a l'habitude de la voir peut le remplir. Voilà ! Ha, ha, vous êtes épatés, hein ? Pas si mal, le vieux schnock !

Adèle se jette au cou de son mari et l'embrasse tendrement. Joseph soulève Gabrielle dans les airs.

— Bon, par contre, je ne l'ai pas changée de la journée, je vous avoue. Je ne me suis pas senti de le faire… Du coup, ça crognote sec !

Adèle emporte l'enfant à l'étage en riant :

— Allez ma pauvre, on va te faire toute belle et toute propre !

Les hommes s'ouvrent une bière. Soudain, on frappe à la porte. Jules se lève avec lenteur, comme s'il savait d'avance qui était ce visiteur nocturne, tandis que Joseph va immédiatement se réfugier dans un coin.

— Entre, Florentin. Nous sommes entre amis, mets-toi à l'aise.

Un très vieil homme s'avance, courbé, perdu dans une immense parka et derrière d'épaisses lunettes. Il ôte sa casquette en tweed et salue d'un signe de la tête Joseph, qu'il a immédiatement repéré.

— Voilà, dit-il en tendant une enveloppe à Jules. J'ai fait au mieux, mais mes yeux ne sont plus ce qu'ils étaient. Et j'ai peur d'avoir perdu un peu la main. Faut dire aussi que c'est un peu plus compliqué qu'à l'époque. Mais bon, je crois que ça tient la route.

Jules sort de l'enveloppe une carte d'identité.

— Mais c'est du super-boulot, Florentin ! On dirait une vraie ! Viens voir, Joseph !

Joseph s'approche et jette un coup d'œil sur le document. Il reconnaît avec stupéfaction la petite bouille de Gabrielle sur la photo.

— Oui, je me suis dit que ce serait plus simple si la petite avait des papiers. Alors j'ai demandé à Florentin, dont le grand frère était en son temps dans la Résistance et qui lui a appris les rudiments du métier, de nous en fournir. De les fabriquer même ! Et voilà le travail ! Magnifique !

Joseph prend la carte entre ses mains. Ce qui le bouleverse le plus n'est pas la qualité du travail produit par le vieil homme, c'est qu'au-dessus du prénom de Gabrielle, apparaît son nom à lui : Gaillet. Elle est désormais son enfant, même si c'est pour de faux.

— Comme ça, vous pourrez vous balader tranquille, reprend Jules. Et l'inscrire là où il faut. Comme à la crèche, par exemple. Qu'en penses-tu ?

Joseph se tourne vers Florentin et lui tend la main.

— Merci, rajoute-t-il.

— De rien, répond Florentin. Si ça peut aider.

Adèle redescend avec Gabrielle qui sent bon le savon et a les cheveux lavés et plaqués sur le côté avec une raie impeccable.

Joseph la prend dans ses bras. Il se demande comment un être si minuscule et si impuissant peut fédérer tant de gens et susciter tant de générosité. Des larmes perlent au coin de ses yeux, que tout le monde feint de ne pas voir.

10
Barbe à papa

Joseph dort dans la chambre d'ami à côté du petit lit de Gabrielle. Il regarde son corps menu de grenouille en pyjama posé sur le dos, ses deux petits poings serrés de part et d'autre de son joli visage aux traits fins parfaitement détendus. Elle est l'image de l'absolu dénuement, de la fragilité extrême et de la confiance pure. Il ne se sent pas à la hauteur de cette attente qui s'ignore et cela le tourmente. Il se tourne et se retourne dans les draps fleuris. Lui a-t-on jamais confié la responsabilité de quelqu'un ? Et a-t-il été à la hauteur de cette tâche ?

Il se souvient quand son père est mort. Ce visage pâle aux traits émaciés, qui sortait des draps blancs, cette tête frêle posée sur un oreiller qui semblait l'engloutir. Ces mains au bout de bras maigres qui gisaient de part et d'autre de ce corps caché qui formait à peine un petit renflement sous les couvertures, ces mains qui se crispaient parfois sous l'effet d'une douleur que la morphine ne calmait plus, ces mains qui lui avaient fait signe de s'approcher plus près :

— Je te confie ta mère, mon petit, je vais partir pour un long voyage.

Il n'avait pas bien compris à l'époque – il n'avait que dix ans – ce que ce « long voyage » signifiait. Son père n'avait jamais quitté la ferme. Il s'était demandé après pourquoi son père n'avait pas utilisé les bons mots, précis, comme « mort » ou même « disparition ». Pour ne pas lui faire peur ? Ou pour conjurer sa propre angoisse, car il se savait condamné ?

— Il faut que tu sois bien gentil. Et bien obéissant.

C'était son viatique. Les dernières recommandations. La gentillesse et l'obéissance comme règles de vie, comme objectifs. Pouvait-on envisager de se déployer sous ces seuls augures ?

— C'est toi l'homme de la maison désormais. Allez, va !

Joseph avait quitté la chambre, se sentant plus enfant qu'homme, étonné de passer si rapidement dans le monde des adultes, accablé par ce saut forcé dans la maturité. Il croyait que dès le lendemain, il lui faudrait traire les vaches aux aurores, cultiver la terre, nettoyer la forêt. Et abandonner l'école. Ce qui ne lui déplaisait pas.

Il n'en avait rien été. La mère avait pris le relais du père mort. C'était elle qui était devenue l'homme de la maison. Elle était levée bien avant son fils. Elle allait à l'étable, il entendait son pas lourd dans la cour. Il s'habillait et descendait. Son petit déjeuner l'attendait, grosses tartines beurrées recouvertes de confiture et bol de lait. Il partait à l'école. Elle était déjà dans le potager. Il lui faisait un signe de la main auquel elle ne répondait pas, absorbée par la terre et son rendement aléatoire. Le soir, quand il rentrait, il la trouvait à préparer la soupe. Il s'installait à la table pour faire ses devoirs. Elle ne se retournait pas. Ne lui demandait pas si la journée avait été bonne. Rien. Si ce n'était le silence pesant, seulement tranché par le frottement du couteau qui épluchait les légumes, par les borborygmes du potage qui mijotait, par le rythme de la pendule qui marquait les heures. Il partait faire un tour dehors avant le dîner, descendait à la rivière, lançait quelques cailloux dans l'eau ou restait assis sur une pierre à contempler les méandres des sources et les ondulations des herbes souvent rejoint par Gabrielle. Quand il rentrait, son bol était servi, ils mangeaient face à face, le nez penché, la tête basse, sans un mot. Elle débarrassait sitôt la dernière cuillerée avalée, rinçait les bols et montait se coucher. Quelques minutes plus tard, il entendait les ronflements qui émanaient d'un corps que le labeur à la ferme avait fourbu.

Les choses étaient faites, il n'y avait rien à dire, il ne manquait de rien – il était nourri, logé, blanchi – mais il n'y avait pas de mots pour accompagner ces gestes et ces soins, leur donner du sens et de la saveur. Les rares paroles dupliquaient la réalité, la commentaient ou annonçaient ce qu'il y avait à faire : rentrer les bêtes, aller chercher du pain, ramasser les feuilles. Du concret, du trivial. Et quand la mère voyait les pensées de son fils s'évader par la fenêtre ouverte, elle n'avait de cesse de le rappeler à l'ordre, à la terre : « Arrête de rêvasser ! », « Ferme ta bouche, tu vas avaler une mouche », « Les poissons pourrissent toujours par la tête. »

Parfois, il se souvenait des mots de son père et de la mission qu'il lui avait confiée. S'occuper d'elle. Il tentait un commencement de conversation. Sur autre chose que les choses, précisément.

— Ça va, maman ?

Elle ne répondait pas. Ou par un haussement d'épaules. Comme si c'était une question qui pouvait se poser, savoir si on allait bien ou pas, comme si on avait ce luxe-là ! Il fallait que ça aille, un point c'est tout. Puis le jour où ça n'irait plus, on mourrait. En attendant, on faisait ce qu'on avait à faire. Sans parler. Sans se répandre.

Il avait essayé une fois de mettre de la musique après le repas, pour apporter un peu de légèreté, voire de joie dans la maison. L'idée lui était passée par la tête, un peu folle, un peu saugrenue, et il s'était lancé. Il avait allumé la radio et choisi une station où l'on passait les derniers tubes. Elle s'était levée immédiatement, avait coupé la chanson en tournant le bouton du transistor, et ensuite était retournée s'asseoir en soupirant.

Sa dose de légèreté, il la prenait donc dehors, avec Gabrielle, sur les chemins ensoleillés, dans les forêts sombres, partout, mais ailleurs que chez lui.

Après il était parti entre deux gendarmes et il n'était jamais revenu.

Non, il n'avait pas su s'occuper de sa mère. Elle ne se laissait pas aimer, cajoler de mots, entourer de tendresse, câliner.

Joseph contemple une nouvelle fois Gabrielle. Elle se laissera faire. Elle ne pourra pas s'opposer. Elle est trop minuscule pour cela. Elle sera aimée malgré elle.

Elle sera aimée aussi grâce à elle. Car l'amour de Joseph trouve un écho en Gabrielle. C'est imperceptible, ténu, mais cela tient dans un regard, un apaisement soudain, ou au contraire un mouvement de pivert, des bras qui remuent. Elle répond à sa présence et s'en réjouit.

Le lendemain, ils sont tous deux réveillés par une bonne odeur de croissants. Quand ils descendent, petit corps recroquevillé porté par grand corps engourdi, petite tête ébouriffée contre grosse tête mal peignée, ils sont accueillis au bas des escaliers par Adèle, un biberon chaud et un café fumant.

— Alors, bien dormi ? s'enquiert-elle.

Joseph opine du chef, il a l'impression que Gabrielle l'imite.

— Je suis allé à la boulangerie, et j'ai un peu craqué, je l'admets, répond Jules, attablé, les yeux lorgnant sur les viennoiseries qui couvrent la table. Faut se faire plaisir dans la vie, n'est-ce pas ! ajoute-t-il pour se justifier.

— Ça, pour te faire plaisir, tu t'y entends ! ajoute Adèle en se collant au dos de son mari et en posant une main sur son ventre rebondi.

C'est dit sans méchanceté, avec tendresse, et Jules éclate d'un bon rire franc.

Gabrielle avale son biberon comme un assoiffé son demi de bière. Puis elle reste la bouche ouverte, comme un oisillon dans son nid.

— Mais elle a encore faim la p'tiote, regardez ! On va lui faire goûter du croissant…

— Non ! l'interrompt Adèle. Elle pourrait s'étouffer !

— On va prendre de la mie, au milieu ! Faut qu'elle goûte à plein de choses, c'est le pédiatre qui l'a dit. C'est bon de découvrir de nouvelles saveurs. Imaginez que vous mangez un croissant chaud au beurre pour la première fois de votre vie ! Quel bonheur ! Quel délice ! Et vous voudriez l'en priver ? Non, vous n'êtes pas sérieux !

Jules fourre dans la bouche de Gabrielle une petite boule de l'intérieur du croissant. Elle réagit un peu comme un poisson, en ouvrant et en fermant la bouche plusieurs fois, puis elle avale le morceau d'un coup. Les trois têtes se penchent sur elle, inquiètes. Mais elle rouvre la bouche en souriant, les yeux brillants.

— Et voilà, elle sait reconnaître les bonnes choses de la vie ! se réjouit Jules. Le samedi matin, désormais, c'est croissant chaud ! Et puis c'est tout !

Une fois les petits déjeuners avalés et les douches prises, ils décident d'aller faire une promenade, histoire de se dérouiller un peu, de prendre l'air et de se creuser l'appétit, comme dit Jules qui pourtant sort à peine de table. Ils achètent de quoi se restaurer, poulet à rôtir et pommes de terre à faire rissoler, « on en mixera un peu pour la cocotte, vous allez voir, elle va adorer », commente Jules. « À ce rythme-là, la diversification, ce sera fait en quinze jours ! » plaisante Adèle.

Sur la place, quelques attractions se sont installées dans une sorte de mini-fête foraine. Les pommes d'amour, les crêpes, les barbes à papa retiennent immédiatement l'attention de Jules. Adèle l'éloigne de ces tentations en l'entraînant vers un stand de tir où des ballons multicolores attendent d'être crevés par des carabines un peu tordues. Jules décide malgré tout de tenter sa chance et extermine quatre baudruches sans état d'âme. Adèle applaudit son héros. Jules a le droit de choisir une énorme peluche. Il prend un éléphant géant dans lequel Gabrielle pourra s'asseoir, dormir, rêver.

— On le mettra dans ta chambre, déclare Jules en se penchant vers Gabrielle. Et quand tu viendras nous voir, il sera là, il t'attendra, comme nous. Et crois-moi, avec nous autour et dans ces pattes-là, il ne pourra rien t'arriver !

Gabrielle agite les bras et pousse de petits cris.

— Elle est heureuse, je crois, dit Adèle, d'une voix qui tremble d'émotion.

Joseph arrête la poussette devant le manège de chevaux de bois. Ces manèges l'ont toujours plongé dans un état de tristesse infinie. Il voit dans ce tournoiement une image de la vie, qui passe et repasse, toujours semblable, sur une même vieille musique désaccordée et glauque, avec ses hauts et ses bas, comme ces équidés qui montent et qui descendent avec régularité. Et l'existence se déroule ainsi, à regarder tourner les choses et les gens dans un ballet écrit d'avance.

Il se souvient des fêtes foraines chez lui en Ardèche. C'était une fois l'an, au village. À l'Ascension. Gabrielle aimait les gaufres. Le sucre glace sur ses lèvres et son menton. Elle voulait toujours faire du manège. Lui restait là, sur le bord. À la regarder. Elle passait sur son cheval, lui faisait un petit signe de la main. Puis elle s'éloignait. Il ne la voyait plus. Son cœur se serrait. Et elle reparaissait. Avec son immense sourire. Et il respirait de nouveau. Il se réjouissait de son bonheur. Le monde tournait sans lui.

Aujourd'hui, la petite Gabrielle est devant le manège, les yeux comme des soucoupes. Jules revient avec deux tickets.

— Tiens, Joseph, emmène-la, elle en meurt d'envie !

Joseph se raidit. Tout son corps refuse cette aventure.

— Allez, tu montes sur un cheval et tu l'assois devant toi ! Joseph, il faut toi aussi que tu essaies de nouvelles choses avec elle. Toi aussi tu dois découvrir la vie et goûter à ses plaisirs ! Allez, en piste !

Jules décroche la ceinture de Gabrielle et la sort de sa poussette. Il grimpe avec elle sur le manège et fait signe à Joseph, qui le suit de mauvaise grâce. Il monte maladroitement sur un grand cheval. Jules lui passe Gabrielle. Joseph la met entre ses jambes, la tient fermement d'une main, de l'autre il empoigne la barre. Le manège se met en branle. La musique flonflonne, le cheval s'élève sur son axe. Joseph serre fort Gabrielle, il a peur qu'elle tombe. Qu'est-ce qui lui a pris d'accepter cette fantaisie ? Mais soudain il est pris, emporté par une sorte de tourbillon et une joie incontrôlable. Ce manège n'est plus alors la métaphore routinière de la vie, mais la cavalcade onirique de deux héros de conte. Ce n'est plus la répétition de gestes prévisibles, mais une expérience inédite et fabuleuse. Ce n'est plus un passé qui se prolonge sans surprise, mais un avenir qui s'inaugure sans déterminisme.

Joseph redescend du manège tout tourneboulé et comme ivre de cette révélation. Jules récupère la petite et Adèle prend le bras de Joseph.

— Ça va Joseph ?

— Ça va, ça va, murmure Joseph. Je crois même que ça va très bien…

Jules est déjà près du stand de barbes à papa et en achète une en salivant d'avance. Les volutes de sucre rose s'enroulent autour d'un bâton. La poésie s'est définitivement invitée dans cette journée particulière. Jules en prélève un petit morceau qu'il place dans la bouche de Gabrielle. Il fond immédiatement. Elle aime. Et en redemande en ouvrant le bec bien grand. Adèle accourt :

— Ça suffit, Jules ! Tu vas nous la rendre malade ! Elle va nous faire une indigestion !

Joseph s'est toujours étonné de ces expressions qu'il entendait souvent : « Il m'a fait les oreillons la semaine dernière », « Tu ne vas pas me croire, Colette, elle m'a fait une appendicite, juste avant Noël ». Il ne voyait pas en quoi l'enfant, en déclarant une maladie, faisait quelque chose à sa mère ou à son père. Pire, il trouvait ridicule, voire égocentrique de s'approprier ainsi les maux d'un autre, même si c'était sa chair et son sang. Aujourd'hui, il comprend. Si Gabrielle tombe malade, là, maintenant, ils seront tous malades aussi.

Car cette enfant leur fait quelque chose à eux tous. De façon si incroyable.

11
Le cadeau de Noël

Noël approche.

Il fait nuit tôt. Le froid mord les joues et les mains. Les rues s'illuminent de guirlandes et au-dessus des têtes volent des rennes, des sapins et des « Bonnes fêtes » étincelants. Gabrielle passe son temps le nez en l'air, fascinée.

La vie de Joseph et de Gabrielle est maintenant bien organisée. Le lundi, jour de repos d'Adèle, elle s'occupe de la petite. Le mardi et le mercredi, Gabrielle est avec Joseph au service des objets trouvés, où il lui a agencé une cachette avec des gros cartons, une sorte de petite cabane qui, de l'extérieur, ressemble à un énorme colis que quelqu'un pourrait avoir oublié dans un train. Au cas où le directeur repasse. Ou la police. Ou Amin. Il y a aussi une seconde cachette dans une étagère bien au fond du dédale derrière un alignement de parapluies ouverts. Adèle a également aménagé une petite aire de jeux dans la réserve de son snack. Le jeudi est le jour de Jules. Et le vendredi, Joseph prend désormais son jour de congé pour Gabrielle, ce qu'il n'a jamais osé faire.

Ils sont désormais confortablement installés dans leur chambre de bonne. Il y fait bien chaud. Joseph a bricolé un petit lit en bois. Au-dessus, il a fixé un mobile avec des animaux qu'il a sculptés le soir, pendant que la petite dormait. Le bureau est devenu la table à langer. Joseph a limé les pieds pour la stabiliser. Adèle a confectionné des rideaux. Avec des fleurs. Ça habille et puis ça fait joli. Elle a demandé les dimensions des fenêtres et en deux jours c'était fait ! Gabrielle joue souvent au milieu de la pièce sur un vieux tapis usé. Elle parle à ses peluches, qui semblent la comprendre, elle agite ses jouets, joue au xylophone, elle part parfois en expédition à quatre pattes, mais elle a retenu la leçon : pas de cris, pas de bêtises, on se fait discrets.

Un jeudi soir, alors qu'ils sont tous attablés devant un bon gratin de chou-fleur chez Jules et Adèle, celle-ci pose innocemment une question :

— Tu fais quoi pour Noël, Joseph ?

Joseph la dévisage comme si elle lui avait dit qu'il avait de la salade sur la tête. Ou un troisième œil au milieu du front. Ou des dents de vampire.

— Rien, répond-il.

Joseph ne fête plus Noël depuis des années. C'est pour lui un jour comme les autres. Il devine bien une certaine fébrilité dans l'air, il voit la joie sur les visages, il se faufile dans le ballet nerveux de gens qui s'empressent, des sacs remplis de cadeaux et de victuailles au bras. Mais il choisit d'ignorer cette atmosphère de fête dont il est de toute façon exclu.

— Mais tu as une famille maintenant ! reprend Adèle. Et Noël est une fête de famille ! Il faut que tu fasses quelque chose avec la petite ! Si tu veux…

Alors Joseph répond sans réfléchir, sans savoir, les mots sortent de sa bouche sans qu'il comprenne pourquoi :

— Je vais chez ma mère, assène-t-il.

— Ha, mais c'est super, Joseph ! s'exclame Adèle.

Super, il ne sait pas. Mais dit, ça c'est sûr.

Il ne va pas la prévenir. Il va débarquer à la ferme avec la petite, et elle saura la conquérir, comme elle l'a fait avec tout le monde. Oui, il va faire cela. C'est une évidence.

Le lendemain, il prend des billets de train pour le 24 décembre.

— Tu voyages, Joseph, maintenant ? C'est nouveau ça ? s'étonne le guichetier. Tu sais que tu ne payes que dix pour cent du billet puisque tu travailles dans la gare !

Joseph ne savait pas, mais il sourit. Oui, il va vraiment faire cela.

Le 24 au matin, il est sur le quai avec son barda. Il n'imaginait pas qu'il fallait emporter tant de choses pour un être si minuscule. Il a la poussette, deux sacs de vêtements et de jeux pour elle, et les biberons, et les couches, et les petits pots, et le lait en poudre, un lit pliant, et son sac à dos, pour ses quelques affaires à lui. Il est chargé comme un âne. Il a prévu aussi des petits cadeaux. Il ne voit pas bien comment il va réussir à les offrir à sa mère, mais il les a pris quand même.

Gabrielle est sage dans le train. Il l'installe sur ses genoux. Elle regarde par la fenêtre le paysage qui défile. A-t-elle jamais vu la campagne, les grands espaces que le train traverse, loin des rues bondées parisiennes ? Elle boit le spectacle des yeux. Mais au bout d'une heure, elle commence à s'agiter. Elle grimpe sur ses genoux, elle tambourine à la fenêtre, elle frappe les fauteuils, elle passe la tête entre les accoudoirs et fait sursauter les gens derrière eux.

— Gabrielle, ça suffit maintenant ! Tu te tiens correctement ! Et tu arrêtes d'embêter tout le monde !

Mais Gabrielle s'en moque. Maintenant, elle s'attaque à la tablette devant eux, l'ouvre et la ferme bruyamment. Puis elle se met à taper dessus avec une petite voiture en poussant des cris. Les gens se retournent, l'œil mécontent, la bouche pincée. Oui, Joseph n'a pas d'autorité, oui, Gabrielle n'en fait qu'à sa tête, oui, un enfant dans le train, c'est bruyant.

Joseph se lève et emporte Gabrielle dans ses bras hors du wagon. Elle se tord et hurle :

— Dis donc toi, tu as le diable au corps ou quoi ? Qu'est-ce que c'est que ces manières ?

« Le diable au corps ». C'était une expression de sa mère. Quand il faisait le zouave. Quand elle n'avait plus de prise sur lui. Il s'en veut d'utiliser ces mots qui ne veulent rien dire, qui culpabilisent, qui associent un comportement normal d'enfant à une possession maligne.

— Bon, je te réexplique, fait Joseph calmement. On va chez ta grand-mère pour Noël. Tu ne la connais pas, mais elle sera sans doute, enfin j'espère, contente de te rencontrer. Pas si tu te comportes ainsi, évidemment. Alors calme-toi, s'il te plaît, et tu vas voir, tout va bien se passer. Enfin, je crois.

Joseph ne sait pas s'il parle pour la minuscule ou pour lui-même. Si ce voyage n'était pas une bonne idée, finalement ? Si sa mère réagissait mal, se braquait, et leur claquait la porte au nez ? S'il se retrouvait dehors, en plein froid, la nuit, avec un bébé dans les bras ?

Joseph chasse ces mauvaises pensées. Advienne que pourra. C'est trop tard pour reculer. Ils sont maintenant au wagon-bar et Joseph commande un chocolat chaud. Le serveur lui en sert deux :

— Non, mais...

— C'est pour la petite, le coupe l'homme. Elle est tellement mignonne. Et puis tenez, elle doit avoir faim. Elle aime les croissants ?

— Ça oui ! confirme Joseph en se souvenant du premier croissant que Jules lui a fait goûter un samedi matin. Merci, ajoute-t-il simplement.

— Ça me fait plaisir, répond le serveur.

Joseph s'installe à une table haute, face à la fenêtre, la petite sur ses genoux. Elle s'est calmée. Il lui donne de petits morceaux de viennoiserie qu'elle mâche lentement. Ils attendent que les chocolats refroidissent. Joseph mesure le chemin parcouru, depuis le premier train où il l'a trouvée dans son couffin, jusqu'à ce jour où ils voyagent ensemble dans un autre train. Cette enfant aimante les sourires, ouvre des portes, provoque la générosité. Elle s'endort dans ses bras.

Quand ils arrivent à la gare de Valence, Joseph prend un taxi. Gabrielle dort encore. Elle ne voit pas les maisons qui se raréfient, les vignes qui apparaissent, la montagne qui s'invite, les vaches qui paissent. Elle se réveille alors que la voiture s'arrête au bout du chemin de la ferme.

Il reste ces quelques dizaines de mètres à parcourir, les plus longs, les plus compliqués. Joseph prend une grande bouffée d'air, cet air chargé d'odeurs de terre et de feuilles, cet air glacé qui irrite ses poumons, cet air de l'enfance et du passé. Aujourd'hui il est grand et il revient chez lui.

Il s'avance, la petite dans les bras, des sacs un peu partout autour de lui, la poussette traînant derrière.

Rien n'a changé. Les mêmes arbres aux mêmes endroits, les mêmes chants d'oiseaux, les mêmes pierres pour se poser les soirs d'été, la même porte peinte en vert. Il s'arrête, lâche ses pesants bagages et frappe.

— Oui, répond une voix mécontente.

— C'est moi, s'annonce Joseph. Enfin c'est nous.

Il entend des pas qui s'approchent, son cœur fait des bonds dans sa poitrine, la porte s'ouvre, sa mère est là, devant lui, à peine changée, quelques rides en plus, quelques centimètres en moins, mais ces yeux durs qui le scrutent comme autrefois, cette moue qui le méprise, ces bras qui ne s'ouvrent pas.

— Ha ben ça !

Elle est surprise quand même. Elle fait un pas de côté sans l'inviter à entrer, mais pour que ce soit possible cependant. Il entre donc.

— Si t'es là, c'est que t'as des soucis ! charge-t-elle immédiatement.

— Non, maman.

Le « maman » provoque chez elle une sorte de frisson. Il la voit onduler puis se contracter sous son effet.

— T'as besoin de sous alors ?

— Non plus, maman.

Joseph sait que tous les gens qui attaquent avec hargne ne cherchent qu'à se protéger. Il attend que ça passe, même s'il aurait préféré un autre accueil, qu'elle ne peut pas lui offrir.

— Je suis venu te présenter Gabrielle.

Ce prénom provoque un second frisson dans le corps de sa mère.

— C'est ma fille.

— Tu vois, c'est bien ce que je disais ! Tu t'es encore fourré dans un sale pétrin ! T'as un enfant, sa mère est partie, évidemment, et tu ne sais pas quoi en faire, alors tu veux me le refourguer.

— Non, maman, je la garde.

La mère est interdite. Elle tourne autour d'eux. Elle observe attentivement la petite, cherchant à déceler le problème, l'anomalie, elle rôde, elle renifle, presque comme un animal. Joseph ne bouge pas. Gabrielle s'agite et fait de petits mouvements avec les bras. Et quand la vieille femme s'approche vraiment très près, la petite pose sa main sur sa joue. Puis la laisse là. Joseph craint que sa mère ne balaie la petite main d'un revers de la sienne. Ou qu'elle se dérobe brutalement. Mais elle reste au contact de ces cinq petits doigts potelés posés à plat sur son visage. C'est comme si elles se saluaient, s'apprivoisaient, se reconnaissaient ainsi. Quelque chose circule entre elles, qui semble passer de l'une à l'autre par ce seul contact. L'instant est suspendu. Les secondes s'étirent, dans le silence de la pièce que perturbe à peine le balancier de la pendule. Joseph assiste, médusé, à cette rencontre charnelle improbable.

— Vous, vous avez faim peut-être ? finit par lâcher la mère, encore toute chamboulée.

Retourner au concret, à des gestes familiers, à la routine, pour se raccrocher à quelque chose après cette expérience si nouvelle.

— Oui, très, avoue Joseph.

— Hé bien, je vais faire réchauffer la soupe. Installez-vous, débarrassez-vous, je vais remettre des bûches dans la cheminée, mettez-vous confortables.

— Je m'occupe du feu, si tu veux, propose Joseph.

— Très bien.

Elle part s'affairer dans la cuisine, Joseph assoit Gabrielle dans le vieux fauteuil devant la cheminée et fait repartir le feu. La petite regarde les flammes, fascinée.

Ils dînent, Joseph donne à Gabrielle quelques cuillerées de soupe aux légumes. Elle les avale goulûment.

Ils ne parlent pas. Il y aurait trop à dire. Toutes ces années à raconter. Alors ils se contentent d'être ensemble et de se regarder. Cela leur suffit, pour un premier soir.

La nuit venue, Joseph se couche dans sa chambre d'enfant. Il déplie le lit-parapluie et installe la petite dedans. Elle s'endort aussitôt, recouverte d'un gros édredon. Joseph la suit de peu. Il se dit qu'il a bien fait de venir. Que cette minuscule, décidément, accomplit de grandes choses.

Le lendemain, le soleil est haut dans le ciel quand ils descendent pour le petit déjeuner.

— Grasse matinée, constate la mère.

Cependant il n'y a pas de reproche dans sa voix comme autrefois, de rejet de sa paresse d'adolescent, de critique du laisser-aller.

— Oui, convient Joseph en s'asseyant. Ça fait du bien.

Il donne son biberon de lait à Gabrielle puis se beurre une grande tartine. Dont il donne de petits morceaux à l'enfant. La mère va, vient, tourne autour de la table, elle ne sait pas très bien quoi faire, elle est comme embarrassée d'elle-même.

— On va faire une petite promenade, ça te va ?

— Oui, souffle la mère, soulagée.

Elle aura du temps pour se composer une attitude, pour réfléchir à comment être avec ce fils retrouvé et cette petite-fille découverte.

Joseph enfile à Gabrielle son manteau le plus chaud, la couvre d'un bonnet et d'une écharpe tricotés par Adèle. Puis ils partent à travers la forêt par un sentier que Joseph n'a pas oublié.

Joseph chemine lentement. Chaque pas est une retrouvaille. Chaque avancée une reconquête de son territoire, chaque regard une réappropriation de son pays. Et cette terre qu'il a reniée, fuie, reprend possession de lui brutalement. La distance qu'il a mise entre eux s'abolit en bouffées d'humus et pas sur les feuilles. La ville disparaît. Il est de ce pays. Tout l'y ramène.

— Respire, ma cocotte. Sens comme tout ici embaume. Remplis tes poumons de ces odeurs, et ton cœur aussi. Ici, c'est chez nous.

Bientôt, ils arrivent devant une grande ferme. La cheminée sur le toit laisse échapper une fumée drue et régulière. Des gens sont là, manifestement.

Joseph, une nouvelle fois, se fige devant la porte et frappe.

Une femme ouvre. Qui n'a pas tellement changé non plus. Le cœur de Joseph tressaute, mais différemment de la veille. La femme porte ses mains devant sa bouche et s'exclame :

— Joseph, oh mon Dieu, Joseph !

Joseph ne dit rien. Il se ménage. Il s'économise. Il est tellement ému qu'il a peur de mal dire la phrase qu'il a répétée mille fois dans sa tête avant de venir.

— Gabrielle, je viens te présenter Gabrielle, fait-il dans un souffle.

— Mais c'est pas vrai ! Tu es papa ! Mais ça c'est une nouvelle ! Émile, viens voir, c'est Joseph ! Et il est papa ! Oh, comme elle est mignonne ! Mais entrez, entrez, vous allez attraper froid. Oh, une petite fille… Dis, je peux te la prendre un peu ?

Gabrielle n'arrête pas de parler, elle virevolte avec l'enfant dans les bras, elle s'émerveille.

« Oui, songe Joseph, j'ai vraiment bien fait de venir. »

12

Premier anniversaire

— Du coup, elle aura un an quand ? s'exclame Adèle un matin de janvier. Faut quand même qu'on lui fête son anniversaire à cette petite, ce n'est pas possible !

Joseph sort calmement la carte d'identité de Gabrielle de sa poche. Il le garde toujours sur lui, comme la preuve formelle de ce à quoi il n'ose encore tout à fait croire. Il la tend à Adèle. Il sait qu'elle a parfois des emportements injustifiés, des toquades subites qu'il suffit de satisfaire sans poser de questions. Là, apparemment, c'est l'anniversaire.

— Bon, c'est le 6 mars sur ces faux papiers ! C'est bien Jules, ça, on lui a demandé une date, et il a donné n'importe quoi… Ah mais non, pas du tout, c'est notre anniversaire de mariage ! C'est une excellente date ! C'est un romantique, Jules ! On ne dirait pas comme ça, mais je t'assure, un vrai Alfred de Musset… Je t'ai raconté le jour où on s'est mariés ?

Oui, elle a déjà raconté : un mariage en hiver un jour de semaine, car ils n'avaient pas de sous. Ses parents à lui qui n'avaient pas voulu venir parce qu'ils trouvaient qu'Adèle n'était pas assez bien pour leur fils, alors qu'en fait, on ne voudrait pas dire, mais c'était plutôt lui qui n'était pas assez bien pour elle, la robe qui ressemblait à du Courrèges, mais cousue maison, elle avait récupéré un patron, en trapèze, pour qu'on voie bien ses gambettes, parce qu'elle avait des sacrées gambettes à l'époque. Encore maintenant d'ailleurs ! Avec le manchon en fausse fourrure, et la toque assortie. Ça faisait classe. Et le costume marron de Jules, une horreur ! Les copains qui étaient venus, la cousine qui avait dragué Gilbert, avec sa robe trop serrée, elle avait passé son temps à dire qu'elle avait trop chaud, le déjeuner dans un restaurant sur les bords de Marne, ils avaient même eu un rayon de soleil pour la photo, et la balade pour digérer, où Serge avait failli atterrir dans l'eau. Comme ils avaient ri ! Une des plus belles journées de sa vie.

— Bon, on fait quoi du coup pour l'anniversaire ? s'impatiente Adèle qui aurait bien fait à nouveau le récit détaillé de la noce. Il faut faire une fête ! C'est important de fêter les gens qu'on aime, de leur montrer qu'ils sont importants, qu'on est heureux qu'ils existent…

Joseph a levé la main pour l'interrompre. Mais qu'est-ce qu'elle a mangé ce matin ? Elle est survoltée, ma parole ! Alors il tranche :

— Je m'occupe de tout.

Cette phrase a le don d'apaiser immédiatement Adèle. Sa demande est prise en compte, on va y répondre, elle est rassurée. Elle se permet tout de même d'ajouter :

— Je peux t'aider quand même ?

— Évidemment, conclut laconiquement Joseph.

Puis il rejoint son guichet. Une fête. Qu'est-ce qui lui a pris d'annoncer qu'il organiserait une fête ? Noël et maintenant la fête, il n'est pas bien non ? Ça ne va pas la tête ? Il est content en ce moment, heureux même – pourrait-il admettre –, mais de là à faire la fête ?

Et où va-t-il organiser cela ? C'est tout petit chez lui ! Et les invités ? Qui inviter ? Il ne connaît pratiquement personne ! À un anniversaire on invite... Il réfléchit, la famille et les amis. Bon, la famille, c'est sa mère, et elle est en Ardèche. Et pour la faire venir, ça ne va pas être une mince affaire... Vu tout le bien qu'elle pense de la ville et des citadins ! Et il y a aussi Gabrielle, son mari, ses enfants. Et Adèle et Jules. C'est trop de monde ! Où tous ces gens vont-ils pouvoir dormir ? On ne fait pas déplacer tant de personnes de si loin pour les faire repartir le soir venu... Joseph s'arrache déjà les cheveux. La journée se passe à mesurer l'impossibilité de la chose.

La nuit, une fois la minuscule couchée et l'appartement rangé, les questions grossissent et attaquent sa cervelle en un ballet encombrant. Autrefois, Joseph partait marcher dans Paris, quand la grande machine à laver cérébrale se mettait en route. Maintenant, il doit rester à demeure et tenter de l'arrêter. Il sort un livre, parcourt quelques lignes, fait les cent pas, contemple Gabrielle que cette agitation nocturne ne perturbe pas le moins du monde, ouvre son livre de recettes à la recherche d'idées de menus pour l'anniversaire, rédige trois lettres d'invitation, qu'il met dans de belles enveloppes avec les noms dessus, taille un bout de bois au canif, mesure sa mansarde et calcule combien de matelas il pourrait y aligner pour faire dormir tout le monde. Bref, il s'occupe. Ce peut être long une nuit, très long.

Au petit matin, il a l'esprit en surchauffe, les yeux secs, le moral bas, peu de patience. Et c'est alors qu'il arase minutieusement les cuillères de lait en poudre pour le biberon de la minuscule et qu'il entend le voisin chanter avec sa radio un tube abominable que l'idée surgit : il va réquisitionner la pièce d'à côté. Depuis l'incident de la dernière fois – cette nuit cauchemardesque où tout l'étage avait été réveillé par les cris de Gabrielle, habitée par les djinns, ces esprits fous qui s'emparent parfois des enfants –, son voisin le salue bien bas chaque fois qu'il le croise. Effet de la peur que Joseph lui a fichue ce jour-là. Eh bien, Joseph va profiter de son ascendant psychologique et physique sur ce bonhomme. Ce n'est pas forcément noble de sa part, mais la fin justifie les moyens. Cette fête l'obsède. Il faut qu'elle ait lieu. Qu'importe s'il faut pour cela montrer ses muscles.

Ni une ni deux, il prend Gabrielle dans ses bras et s'en va toquer à la porte d'à côté.

— Bonjour, tente l'homme, qui s'empresse d'ouvrir une fois qu'il a reconnu la tête de Joseph par le judas. (Il était manifestement en train de se raser, il a de la mousse tout autour de la bouche.) Ha, c'est ma musique qui vous dérange ! Excusez-moi, j'ai mis la radio un peu fort, je n'ai pas réfléchi. Attendez, je vais baisser le son tout de suite.

Il trotte jusqu'à son poste et revient tout aussi rapidement. Joseph n'a pas bougé. Gabrielle commence à battre des bras et à faire le chef d'orchestre, ce qui est le signe ou d'un grand contentement, ou de la faim qui s'empare d'elle.

— Il y a autre chose ? s'inquiète le voisin.

— Oui, répond laconiquement Joseph.

— Ah, très bien. Et en quoi puis-je vous être utile ?

L'homme voudrait bien ôter cette mousse à raser de son visage, elle lui donne à coup sûr l'air ridicule. Et dans une discussion un peu tendue avec un interlocuteur qui ne recule pas devant le rapport de force, ce n'est pas une bonne chose. Sans compter qu'il porte encore sa vieille robe de chambre à carreaux, de laquelle dépassent ses deux jambes velues, terminées par deux pieds glissés dans des charentaises fatiguées…

— Vous faites quoi le samedi 6 mars ? s'enquiert Joseph.

— Heu, je ne sais pas… Attendez, je vais vérifier dans mon agenda… Peut-être que je suis en week-end…

— Oui, ce serait bien, souligne Joseph.

— OK, très bien. Pas de problème. Je serai en week-end, donc.

L'homme baisse la tête. Il vient de se faire expulser de chez lui pour deux jours sans résister. Il s'étonne de sa propre faiblesse.

— Et aussi que vous me laissiez vos clés, poursuit Joseph.

— D'accord. On fait comme ça.

Le voisin s'entend formuler cette réponse. Des gouttes de sueur perlent à ses tempes et s'apprêtent à créer de petits sillons dans la mousse à raser. Il espère que Joseph n'a plus rien à lui demander, il dirait oui à tout, apparemment.

— Bonne journée, conclut fort heureusement Joseph.

— Bonne journée, souffle l'homme, soulagé, avant de courir ôter cette maudite barbe de père Noël qui lui a fait perdre toute assurance.

Joseph rentre chez lui content, la petite dans les bras. Parfois, on n'a pas besoin de beaucoup parler. Il y a d'autres façons de se faire comprendre. Il donne le biberon à Gabrielle et calcule qu'avec la chambre double du voisin, il peut raisonnablement loger tout le monde. Il faudra juste trouver des matelas. Il se sent délesté d'un poids. Exténué, mais léger.

Vingt minutes plus tard, il fait une halte chez Adèle avec la poussette. Il lui donne son invitation fièrement.

— Vous dormirez là ! clame-t-il sur un ton définitif.

Adèle le regarde, étonnée. Elle n'aime pas trop qu'on lui balance des ordres, mais elle connaît la maladresse de Joseph alors elle ne se formalise pas. Et puis, c'est la première fois qu'il leur ouvre sa porte, qu'il ose les inviter, et elle sait que ça représente quelque chose d'énorme pour lui. Mais lorsqu'il sort du filet de la poussette son gros livre de cuisine, elle se fâche :

— Ah ça non, le repas, c'est moi, sinon je ne viens pas ! Tu ne vas pas m'impressionner avec ta carrure et ton visage dur ! Je ne céderai pas, nom de nom, la cuisine, c'est ma partie, et je vais faire, avec Jules, un buffet dont tu me parleras encore dans dix ans ! Ce sera notre cadeau pour la petite ! Bon, évidemment, je lui ai acheté aussi un petit quelque chose, on n'arrive pas chez les gens les mains vides, mais ça c'est un autre sujet.

Joseph accepte. Il n'est pas le seul à savoir obtenir ce qu'il veut si besoin est, pense-t-il en conduisant la petite jusqu'au bureau des objets trouvés. Il la place dans sa petite cachette, sa maison faite de deux cartons scotchés ensemble, avec une petite porte découpée pour passer de l'un à l'autre, un tapis d'éveil au sol, des coussins de couleur, des jouets partout, un boulier, des doudous, le tout récupéré çà et là dans la gare. Et un grand carton à côté, prêt à recouvrir la maisonnette en cas de visite impromptue. Gabrielle babille, ignorant ce qui se prépare… Elle marche à quatre pattes désormais. Et se tient debout parfois, quelques secondes en s'agrippant à un meuble, avant de retomber sur les fesses en riant.

Le 6 mars, il a posé sa journée. Le matin se passe à ranger sa mansarde, briquer, et décorer. Il installe des guirlandes en papier entre les poutres. Et une banderole « Joyeux anniversaire, Gabrielle » réalisée lettre à lettre puis coloriée plusieurs soirs durant. Il gonfle des ballons qu'il accroche un peu partout. Il sort la belle vaisselle, met la nappe blanche sur la table et la repasse directement sur le bois. Adèle et Jules doivent apporter les victuailles après la sieste. Gabrielle observe toute cette agitation de ses grands yeux foncés, assise au milieu de la pièce.

— Mais oui, je ne t'ai rien expliqué à toi ! fait Joseph en se penchant vers la petite. Tu dois te demander ce qui se passe… C'est parce que c'est une surprise. C'est pour toi tout ça, tu sais ? Pour ton anniversaire. Tu as un an, enfin plus ou moins. Comme on ne sait pas trop quand tu es née, on a choisi aujourd'hui. Et on va faire la fête. Avec la famille et les amis.

Elle ne peut pas mesurer la révolution que constitue cette simple phrase. Il y a quelque mois, il était seul et ne laissait personne entrer chez lui. Aujourd'hui il ouvre sa porte pour y recevoir tous ceux qui comptent. Il prend la petite dans ses bras. Puis ils sortent. Et rentrent chez eux pour mesurer l'effet produit, comme s'ils découvraient les lieux pour la première fois. Oui, c'est vraiment très bien. Ils se sourient.

Le voisin est venu docilement au petit matin lui remettre ses clés. Joseph se rend chez lui, pousse les meubles et installe des couchages. Il y a un lit double, où dormiront Adèle et Jules. Un canapé-lit qu'il déplie pour Gabrielle et Émile. Deux petits matelas récupérés aux objets trouvés pour leurs enfants. Il laissera son lit à sa mère et dormira par terre sur le tapis, cela ne le dérange pas. Il met des draps propres, tapote les oreillers, aère, il est satisfait.

Vers 16 heures, on frappe à la porte.

— C'est le traiteur, annonce une voix chantante.

Joseph fait entrer Adèle et Jules, qui la suit, les bras chargés de paniers et de cartons. Il est essoufflé.

— C'est magnifique, Joseph ! s'exclame Adèle. Vraiment très réussi !

Adèle parcourt l'appartement, tandis que Jules redescend les six étages pour chercher trois cagettes remplies de tartes salées et de cakes.

— Quel joli petit nid ! insiste Adèle. Comme tu as bien arrangé tout ça ! Bon, Jules, arrête de bayer aux corneilles, s'il te plaît, on a du pain sur la planche. Les invités arrivent gare de Lyon à 17 heures. Ils seront là à 18 h 30. On a deux heures et demie pour tout mettre en place. Il ne s'agit pas de lézarder !

Jules ne rétablit pas la vérité, et ne s'offusque pas des remarques de sa femme. Il sait que lorsqu'elle est ainsi, tendue, il vaut mieux laisser passer la tornade.

— Alors, ça vient ? Tu m'apportes les plats, les terrines, il faut découper le pain, et rendre tout ça joli !

Jules s'exécute. Il sort, déballe, place, sous les yeux étonnés de Joseph, qui n'a jamais vu tant de victuailles chez lui.

— Je lui ai dit qu'on n'était que neuf, lui glisse Jules. Et encore, en comptant la petite. Mais elle n'a rien voulu entendre. Enfin, tu la connais...

Joseph sourit. Oui, il la connaît moins bien que lui, mais il la connaît tout de même...

— Hop, hop, hop, un peu de concentration, messieurs, reprend-elle en véritable chef des opérations. Et puis là, Joseph, sans vouloir t'offenser ni te mettre dehors, tu es chez toi, mais tu nous gênes à être comme ça dans nos pattes. Et la petite s'agite. Tiens, emmène-la donc faire un tour le temps qu'on finisse, tu seras bien gentil !

Joseph plie bagage. Une petite balade lui fera du bien effectivement. Il descend avec Gabrielle dans les bras et s'en va à la gare pour vérifier que tout va bien. Il est inquiet quand il ne travaille pas. Il se demande si tout fonctionne bien sans lui. Il n'a pas l'habitude d'être autant en congé. Ça l'angoisse. Le service des objets trouvés est fermé, il y a une affiche sur la porte, personne ne cherche à y entrer, tout va bien.

Alors ils se promènent, désœuvrés, dans les bras l'un de l'autre.

Joseph s'arrête devant le fleuriste. Ça serait bien des fleurs sur la table. Il n'y a pas pensé, mais ça ferait chic. Il dépose Gabrielle au sol et passe en revue les bouquets proposés dans les seaux. Il en prend plusieurs, champêtres, avec des marguerites jaunes et blanches, des fleurs simples, comme lui. Il considère sa composition, fait quelques pas et se penche pour la faire valider par Gabrielle. Mais la petite n'est plus là. Il l'avait laissée devant les roses rouges, mais elle a disparu. Il regarde à gauche, à droite, il entre en courant dans la boutique, elle n'y est pas. Il renverse des seaux de fleurs, jette celles qu'il a choisies, se cogne à plusieurs personnes, cherche partout, interroge, mais rien. Personne n'a vu l'enfant.

Il ressort et se met à hurler comme un animal. Un cri qui vient de son tréfonds. De tout ce qu'il a toujours tu. Et qui sort en vrac et en puissance. Un cri enfin indocile. Qui dit à la fois la frayeur, mais aussi l'insubordination. C'en est fini de subir et de plier l'échine.

— Haaaaaaa !

Les gens s'écartent et s'immobilisent. Ils dévisagent, effrayés, ce grand gaillard qui s'époumone et perd le contrôle de lui-même. À nouveau, les vieux interdits se rappellent à Joseph : ne pas se faire remarquer, faire profil bas, passer inaperçu, ou on te prend et on t'enferme. Son cri a été bref, sa révolte vite endiguée. Son passé le précède. Il ne peut rien faire. Si on l'attrape, on lui ressort son casier, on l'accuse d'enlèvement d'enfant, il repart au trou direct, le calcul est vite fait.

Joseph décide de bouger. Ne pas rester près du fleuriste, aller, venir, furtivement, se faufiler, courir, les bras ballants, l'œil aux aguets, les épaules voûtées, la tête en avant, chercher, chasser, dans toute la gare, dans tous les recoins. La retrouver. Elle est quelque part. Il va la retrouver.

Joseph sue. Sa chemise est trempée. Elle colle à son dos et le glace. Il perd tous ses moyens, toute sa réflexion. Il n'est qu'un animal qui traque. Il renifle. Il cherche l'odeur si spécifique du petit corps tant aimé. Mais dans une gare, retrouver une piste olfactive est mission impossible.

Joseph s'arrête. Il se tient à un poteau et se force à respirer calmement. Il se dit que s'il l'a trouvée, il ne peut pas la perdre. C'est aussi simple que cela. Aussi logique. Aussi imparable. On ne passe pas tant de temps à s'habituer l'un à l'autre pour se séparer ainsi. Cela ne se peut pas. Joseph reprend de l'assurance.

Quelqu'un l'a prise et emportée. Il ne peut pas être allé bien loin. Et Gabrielle ne va pas se laisser faire. Elle va crier, pleurer, taper peut-être, bref, réagir. Alors Joseph viendra neutraliser le criminel. Il est prêt. Cherche encore, Joseph ! Allez ! Mais il n'y a personne avec un enfant dans les bras. Personne. Ou plutôt trop de monde. La foule d'un samedi.

Il est perdu. Il décide de tout recommencer depuis le début. Il retourne chez le fleuriste. À l'endroit où était Gabrielle. Il se met à genoux pour être à la bonne hauteur. Il essaie de regarder la gare avec un œil d'enfant. Comme les choses lui paraissent hautes, foisonnantes et presque menaçantes. Il se sent écrasé. C'est ça qu'elle a dû ressentir. De l'abandon. Il avance sur les genoux, râpant son pantalon et la pointe de ses chaussures. Il fait quelques « pas ».

Les gens se retournent avec indignation sur cet homme qui joue à l'infirme. Joseph se relève. Ne pas se faire remarquer, encore.

Pourquoi l'a-t-il laissée ainsi au sol, nom de Dieu ? Où avait-il la tête ? Il le sait bien pourtant, et Adèle le nourrit de magazines de puériculture qu'elle récupère dans les invendus d'Amin. Ne jamais laisser un enfant sans surveillance. Il l'a pourtant lu cent fois. Il ne comprend pas. Quel sens cela a-t-il ? Il a déjà été assez puni. Il a payé. Pour ce qu'il n'a pas fait, en plus. Il commençait à penser, depuis quelques semaines, qu'il avait peut-être droit à un peu de bonheur. Qu'il existait une sorte de justice. De réparation pour ces années d'enfermement puis de honte. Un petit être donné pour compenser cette longue solitude. Mais non, apparemment.

Joseph lève les yeux vers la voûte de la gare. Cette grande verrière pleine et vide. Il est prêt à tout. Au pacte avec le diable, avec Dieu, avec qui veut, du moment qu'on la lui ramène. Il s'engage à tous les changements, fait toutes les promesses. L'irrationnel devient une solution, lui qui a toujours préféré le raisonnable, le réel. À cet instant, il peut croire en n'importe quoi.

— Si Tu me la rends, je ferai ce que Tu veux. Je sourirai, je parlerai. Ou je deviendrai le pire homme qui existe.

Son regard redescend dans la foule compacte. Il est toujours à genoux.

Soudain il la voit. Dans son axe, à sa hauteur d'yeux. Devant les bacs à bonbons colorés de chez Amin. Cherchant à mettre la main à l'intérieur. Elle est sur ses deux jambes. Debout. Elle a marché jusque-là. Elle a fait ses premiers pas jusque-là. L'extraordinaire nouvelle disparaît sous la joie qui surgit et l'angoisse qui se carapate.

Joseph se précipite. Il la saisit au vol, en courant, comme on récupère un ballon. Il l'élève dans les airs, la fait tourner dans ses bras, au milieu de ceux qui s'indignaient tout à l'heure, qui s'émeuvent maintenant. Il l'a retrouvée. Il ne sait à qui il le doit, ni à quoi, s'il doit faire l'ange ou la bête, le bavard ou le tueur, mais il l'a retrouvée !

Il a juste le temps d'apercevoir le regard d'Amin, stoïque derrière son comptoir, le regard de celui qui pense avoir raison. Qui a prévenu. Qui a annoncé le malheur. Anticipé les méfaits du petit ange noir. Et qui aujourd'hui se réjouit d'avoir vu si clair.

Joseph le fuit. Il se met à courir pour rentrer chez lui avec la petite dans les bras. Il la serre si fort qu'elle pousse un petit cri. Puis elle rit. Elle croit à un jeu. Il monte les marches à toute vitesse. Il frappe à sa porte. Adèle lui ouvre et devine tout de suite, à ses vêtements trempés de sueur et ses yeux brillants, qu'il s'est passé quelque chose. Elle prend l'enfant, la donne à Jules, va chercher une chemise propre dans l'armoire. Joseph se laisse faire. Il est raide, absent, livide dans le couloir. Elle le rejoint.

— Il s'est passé quoi, Joseph ? On t'attendait ! On s'est fait du souci ! Tout le monde est là !

— Je l'ai perdue dans la gare.

Joseph tremble de partout. Il n'arrive même pas à déboutonner sa chemise pour enfiler celle que lui tend Adèle.

— Tiens, je vais t'aider. Calme-toi ! Ça va aller, tu l'as retrouvée, c'est le principal.

Adèle lui ôte sa chemise. Elle le frotte avec, le bouchonne comme un animal pour le réchauffer et ôter cette sueur glacée qui couvre son corps. Joseph continue à se laisser faire. Il reprend peu à peu consistance.

— J'ai eu si peur ! finit-il par lâcher.

— Je comprends, je comprends, dit Adèle en frottant de plus belle. Mais maintenant tout va bien.

Elle l'aide à enfiler la chemise propre et la boutonne jusqu'en bas. Puis elle lui passe la main dans les cheveux pour le recoiffer et essuie son visage avec la même chemise trempée.

— Allez, c'est fini tout ça, c'est derrière toi. Aujourd'hui, c'est l'anniversaire de ta fille. Allez. Viens.

Elle le pousse vers l'intérieur. Quand il entre chez lui, une nouvelle vague d'émotions le cueille, celle de voir tout le monde réuni chez lui. La petite au milieu circule des uns aux autres de son pas hésitant, oscillant comme un robot mécanique, prête à s'effondrer au moindre obstacle, se rattrapant pourtant, faisant de chaque centimètre parcouru un exploit, un petit miracle d'équilibre et de fragilité.

— Mais tu ne m'avais pas dit qu'elle marchait, se plaint sa mère qui fonce vers lui, toujours avec des paroles accueillantes et aimables.

— C'est tout récent, ça vient d'arriver, la coupe Adèle qui voit bien que Joseph a encore moins de mots que d'habitude.

Gabrielle marche. Tout marche. Le monde continue de tourner, les choses d'avancer. C'est tout ce que Joseph réussit à se dire tandis que chacun parle, mange, se réjouit, applaudit. La petite souffle sa première bougie. Tout marche.

13

Des arrivants et des revenants

— Qu'est-ce qu'on a dit ?

Joseph est à genoux devant Gabrielle dans le couloir de la maternelle, devant une rangée de portemanteaux à hauteur d'enfants. Il déboutonne son gilet, lui fait enfiler ses chaussons, remet la barrette dans ses cheveux. Gabrielle a maintenant trois ans, enfin plus ou moins puisque sa date de naissance est toujours inconnue. Elle a gardé ses grands yeux foncés, ses cheveux ont poussé en d'innombrables boucles brunes, elle marche, évidemment, et court même, et sautille.

— Ze suis polie et bien élevée. Ze dis « bonzour », « s'il te plaît », « merci ».

Elle a un cheveu sur la langue. Et elle parle beaucoup. Joseph se demande sans cesse d'où lui vient ce goût immodéré pour un bavardage qu'il écoute parfois, il l'avoue, d'une seule oreille, et encore un peu bouchée.

— Bien, la félicite Joseph.

— Ze suis zentille et zobéissante.

Joseph sourit. Mot pour mot ce que lui a dit son propre père avant de disparaître. Mais dans ces circonstances, la phrase est moins tragique. Elle fait presque envie.

— Mais si on me tape, ze peux taper aussi, pour me défendre. Ze connais les coups qui marchent, tu m'as appris.

— Bien. Enfin non, se reprend Joseph. Tu évites, hein ! Je ne veux pas venir te chercher à 10 heures parce que tu as boxé tout le monde ! C'est bien compris ?

— Bien compris, répond Gabrielle.

— Quoi d'autre ?

— Si ze veux faire pipi, ze demande : « Ze peux aller aux toilettes s'il vous plaît ? » Si c'est pressé, je crie : « Ze peux aller aux toilettes s'il vous plaît !!! »

— Non, tu ne cries pas.

— D'accord. Ze demande fort.

— Voilà.

— Ze ne pleure pas. Ze suis une grande.

— C'est vrai.

— Si z'ai envie de pleurer, ze pense à une chose gaie.

— Par exemple ?

— La forêt chez mamie. Le petit zoizeau qui vient nous dire bonjour tous les matins à la fenêtre. Les crêpes d'Adèle. Chat Touille. Toi.

Joseph est ému. Il a réussi à créer un petit univers rassurant autour de Gabrielle. Et il en fait partie.

— Et si on te pose des questions…

— Ze m'appelle Gabrielle Gaillet. Z'ai fait tous mes vaccins. Ze ne suis pas geek.

— Quoi ?

— Geek.

Joseph réfléchit. Que veut-elle dire ? Soudain ça lui revient.

— Allergique ! C'est « allergique » le mot. Pas geek !

— Allerzique ! répète Gabrielle. Et ze mange de tout.

Pourvu qu'on ne lui pose pas d'autres questions. Pourvu qu'elle ne les trahisse pas sans le vouloir. Mais il a confiance en elle. Il sait qu'elle sait ce qu'elle peut dire, ce qu'il vaut mieux taire, de peur que leur histoire s'arrête brutalement.

Joseph regarde autour de lui. C'est la première fois qu'il est confronté à l'univers de l'école depuis très longtemps. Tous les gens sont jeunes. À l'aise. Souples. Joseph se trouve vieux, gauche, empêché.

— Bon, je reviens tout à l'heure, à 11 h 30, murmure-t-il. Dans trois heures exactement. D'accord toujours?

— D'accord, répond Gabrielle. Et t'inquiète, poulette ! Za va aller du tonnerre !

Joseph rit. Parfois, elle sort de drôles d'expressions, qu'elle doit avoir glanées çà et là, dans des conversations, et qu'elle ressort subitement, de façon plus ou moins appropriée.

Joseph prend Gabrielle dans ses bras. Elle le serre et dépose un baiser sur sa joue, qu'elle caresse. Puis elle s'en va sans se retourner vers la maîtresse, de son petit pas décidé. Des enfants pleurent. Joseph ferait bien comme eux. Mais il ravale dignement son émotion, sort de l'école la tête haute et se dirige vers la gare. « Allez, on enchaîne, on bosse, poulette ! » s'encourage-t-il en se rappelant le bon mot de Gabrielle. Son cœur s'allège. Il se met à l'ouvrage.

Les objets trouvés se sont accumulés pendant le week-end. Sacs, gilets, ordinateurs, téléphones, à croire que les gens ont encore l'esprit en vacances.

Joseph va et vient. Il enregistre les objets dans la base de données et part les ranger dans les rayons. Il est concentré, efficace, il faut qu'il ait tout fini pour 11 h 20. Il ne voit donc pas la jeune femme qui est debout derrière lui, ses deux mains accrochées à son vieux sac élimé, la tête baissée, avalée par son immense imperméable beige, prête à disparaître, les pieds dans des sandales auxquelles il manque des lanières. Il sent malgré tout sa présence muette au bout d'un certain temps. Il se retourne. Elle ne bouge pas. Elle ne relève pas la tête.

— Bonjour, mademoiselle. Que puis-je pour vous ?

Joseph a appris à parler en même temps que Gabrielle. À mesure qu'elle développait son vocabulaire, il formait des phrases. À mesure qu'elle mettait des mots dans l'ordre, il racontait des choses. Quand elle a su s'exprimer, il n'avait plus peur de soutenir une conversation. Il osait même l'initier.

Mais la jeune femme ne répond pas.

— Vous avez perdu quelque chose ?

Elle fait « oui » du menton, mais regarde toujours ses chaussures.

— Alors vous êtes au bon endroit ! enchaîne Joseph, en essayant de la mettre à l'aise. Qu'avez-vous perdu ?

Elle n'arrive pas à le dire. Elle essaie, sa bouche s'ouvre, mais aucun son ne sort.

« Bon, se dit Joseph, ça ne va pas être une mince affaire… »

— C'est quoi comme objet ? C'est gros, c'est petit ? Quelle taille ?

La femme écarte les bras de trente centimètres environ.

— Un ordinateur portable ? Une boîte à gâteaux ? Un colis ? Un album-photos ? Un violon peut-être ? Ou un ukulélé ?

À chaque nouvelle proposition, elle secoue la tête. Pas ça, pas ça non plus, non vraiment pas ça.

Elle lève enfin les yeux sur Joseph. Ses yeux bruns sont désespérés. Ces yeux bruns…

Elle refait le geste qui précise la taille.

— Oui, d'accord, entre trente et cinquante centimètres. Mais c'est qu'il y a beaucoup de choses de cette taille, voyez-vous.

Alors la jeune femme rassemble ses mains et les pose contre sa joue gauche.

— Vous avez sommeil ? Vous voulez dormir ? Ha non, vous vous êtes endormie dans le train et c'est pour cela que vous avez oublié quelque chose.

Elle refait non de la tête. Et des larmes commencent à couler sur ses joues.

— Mais enfin ma petite dame, il ne faut pas pleurer. On va le retrouver, votre objet perdu. Il me faut juste un peu plus d'indications…

La jeune femme le regarde de ses yeux fatigués. Ces yeux…

Et, tentant un geste de la dernière chance, dans un ultime effort pour se faire comprendre, elle met ses bras en couronne et les balance de gauche à droite, puis de droite à gauche, plusieurs fois. Comme si elle berçait… un bébé.

Alors Joseph comprend. Ces yeux noirs… sont les yeux noirs de Gabrielle.

Il se fige. Cette scène, il l'a rêvée cent fois. Ce qu'il ferait, ce qu'il dirait, comment il réagirait si un jour on venait lui réclamer l'enfant. Chaque fois il avait la réplique assassine, la phrase définitive, l'argument imparable, et même le coup de poing bien placé s'il était besoin. Ou la fuite à toutes jambes si l'adversaire était de taille. Mais là, il est immobile, sidéré, impuissant.

Elle le voit. Elle voit aussi qu'il sait exactement de quoi, ou plutôt de qui elle parle sans parler.

Elle le montre du doigt. En esquissant un léger sourire.

— Oui, c'est moi qui l'ai récupérée, murmure Joseph.

Elle sourit un peu plus.

Et tend son pouce en l'air.

— Oui, elle va bien, poursuit Joseph tout bas.

Le sourire est maintenant sur ses lèvres. Elle met la main au niveau de son mollet, de son genou, puis de sa cuisse.

— Oh oui, elle grandit bien. Elle est même rentrée à l'école maternelle ce matin.

Les yeux de la jeune femme s'embuent à nouveau, cependant le sourire demeure.

Elle joint ses mains comme pour prier et se penche vers l'avant. Elle le remercie.

Joseph fait de même.

— C'est moi qui vous dis « merci ». C'est le plus beau cadeau qu'on m'ait jamais fait.

La jeune femme tourne les talons brusquement et repart à toute vitesse dans la gare. Elle n'a pas parlé, il ne connaît pas son nom, ni son adresse, rien de rien. Il crie :

— Elle s'appelle Gabrielle !

Elle ne l'entend pas. Elle court.

Joseph se lance à sa poursuite. Il aperçoit l'imperméable beige qui se faufile entre les gens, il accélère, mais quand il croit la rejoindre, il s'aperçoit que ce n'est pas elle. Il se tourne à droite, à gauche. Seul au centre de la gare. Isolé au milieu de la foule. Il la cherche, vigie hagarde, certain de l'avoir perdue. Un bras le touche.

— Ça va, Joseph ?

Il sursaute. C'est Adèle. Elle l'a vu courir comme un fou et l'a suivi. Il la dévisage, mais ne la voit pas, comme si ses yeux, parce qu'ils cherchent quelqu'un d'autre, passaient à travers elle.

— Joseph, c'est moi, Adèle ! Ça va ? Tu es tout pâle ! T'as vu un fantôme ou quoi ?

Elle sourit. Elle ne croit pas si bien dire.

— Hé, faut que t'y ailles, là ! 11 h 20 ! Tu vas être en retard à l'école sinon ! Et pour le premier jour, ça la fiche mal.

Joseph ne bouge pas. Où est-elle passée ? Pourquoi venir et s'enfuir ? Il doit la retrouver. Mais elle ne le veut pas.

— Bon, tu n'as pas l'air bien, je t'accompagne.

Adèle prend Joseph par le bras et le force à se mettre en mouvement. Il se laisse traîner jusqu'à la maternelle. Ils entrent et attendent devant la porte de la classe. Joseph est là sans être là. Soudain, la petite tête de Gabrielle apparaît. Elle le montre du doigt à sa maîtresse, qui lui donne la permission de le rejoindre. Elle court et se jette dans ses jambes, qu'elle enserre de ses deux petits bras. Adèle se penche :

— Alors, c'était comment cette première matinée à l'école ?

— Zénial ! hurle Gabrielle. Zé-nial ! Ze me suis fait trois copines. Zoé, Anna et une autre, z'ai pas retenu le nom. Un copain, aussi. Gaspard. Et z'ai fait du puzzle, et du toboggan à la récréation.

Gabrielle parle, Gabrielle sautille, Gabrielle avance avec Adèle. Soudain, elle se retourne :

— Ben, tu viens papa ? demande-t-elle.

Joseph fait un pas. Oui, papa vient. Il sourit. La réponse est dans ce simple mot qu'elle vient de prononcer.

14
Cassoulet et rififi

Joseph le sait : les ennuis ne vont pas tarder. Ils débarqueront en escadrons même, et c'est l'école qui les transportera. Il en avait longuement discuté avec Adèle et Jules :

— Tu dois la mettre à l'école, Joseph, avait lancé Jules un soir devant un bon cassoulet, poussé par les tapes insistantes sur l'épaule données par Adèle. Elle a trois ans révolus, enfin plus ou moins… C'est le moment !

— Non, avait refusé fermement Joseph. Hors de question.

La discussion était mal engagée, et les couverts que chacun tenait serrés disaient assez la crispation des participants.

— Elle a besoin de se sociabiliser, de rencontrer du monde, de se faire des amis de son âge. C'est important pour son développement, avait relancé Adèle d'un ton doux. Déjà qu'elle n'est pas allée à la crèche…

Pendant trois ans, ils avaient été malins. Et même Amin qui rôdait de temps en temps n'avait pu les surprendre. Ils avaient des tours de garde. Le matin, Gabrielle était plutôt avec Adèle. Elle mettait la poussette à côté d'une table et dans le vacarme, chacun croyait que l'enfant appartenait à quelqu'un de passage qui était assis non loin de là.

Quand elle avait grandi, elle dessinait assise sur un coussin avec la même tranquillité. Pour les repas, Joseph remontait avec elle et ils déjeunaient là-haut, sous les toits, dans le ciel. Adèle leur préparait un petit sac en papier bien rempli. Pour les heures de sieste, on installait la petite dans un grand carton qui faisait office de cabane. Elle dormait paisiblement. Et quand elle s'agitait, Joseph mettait le transistor bien fort pour couvrir les bruits et les cris. Il lui faisait faire de la balançoire, une installation de son cru, entre deux hauts rayonnages, une nacelle escamotable qui envoyait la petite haut vers le plafond. Elle se calmait immédiatement. Joseph avait également réduit ses horaires. Le directeur s'était étonné de cette démarche de la part de quelqu'un qui n'avait jamais osé réclamer quoi que ce soit. Mais Joseph avait simplement dit : « Ou alors, ce sont des heures supplémentaires. » L'affaire avait été entendue immédiatement. À 18 heures, il était chez lui. Et la soirée se passait à écouter de la musique, jouer, dîner, lire des histoires. Le mercredi était le jour de Jules. La vie s'était organisée sans anicroche dans le secret le mieux gardé.

Joseph avait observé les haricots dans son assiette. Depuis quand la société, les gens, l'extérieur étaient de bonnes choses ? Adèle avait lu dans ses pensées :

— Oui, je sais ce que tu te dis : qu'avec toi, elle est protégée. Qu'il ne peut rien lui arriver de mal. Que ce sont les autres qui compliquent tout, qui salissent tout, qui causent tous les problèmes. Mais ce sont aussi des autres que viennent les grandes joies, les beaux sentiments, les liens qui durent.

Joseph avait gardé le front baissé et avait atteint péniblement et en se trompant certainement le nombre de cinquante. Cinquante haricots blancs. Plus ou moins.

— Tu ne peux pas tout lui apporter, Joseph. Il faut avoir l'humilité de l'admettre, avait surenchéri Jules.

Joseph avait aligné des petites boules de mie de pain face à chaque dent de sa fourchette. Puis, à court d'occupations manuelles, il avait levé les yeux vers le couple qui attendait une réponse, inquiet et pourtant confiant. Ils étaient ses amis. Depuis longtemps. Ils avaient toujours pris son parti. Ils avaient accepté sans poser de questions, soutenu, accueilli, devancé. Ils avaient été là. Inconditionnellement. « À lui aujourd'hui de leur faire confiance », avait-il songé en se levant avec lenteur. Sa chaise avait raclé le sol. Il n'était pas tout à fait convaincu. Mieux, il savait qu'il allait au-devant des soucis, mais il n'y avait pas moyen de faire autrement. Il ne pouvait enfermer Gabrielle pour toujours avec lui dans leur petite mansarde édénique.

— D'accord, avait-il concédé. Mais à mon avis…

Adèle ne l'avait pas laissé finir et s'était jetée dans ses bras :

— Je suis bien contente ! Ah oui, je suis bien contente !

Sa joie avait partiellement contaminé Joseph. Elle n'avait pourtant pas atteint ce noyau sombre qui demeurait toujours tapi dans ses entrailles.

Les ennuis descendent donc en piqué sur Joseph dès le deuxième jour d'école, alors qu'il attend tranquillement à 16 h 30 à la sortie que la cloche sonne et que son petit soleil apparaisse. Il se tient là, bien droit, un petit sac en papier à la main rempli d'un pain au chocolat – il a mangé le sien en route –. Ils prennent la forme d'une jeune femme élégante, grandie par des talons, armée par un tailleur cintré, protégée par du maquillage appuyé :

— C'est tôt 16 h 30. Ils ne se rendent pas compte ! Qui peut être là à 16 h 30 ?

Joseph se garde bien de répondre qu'elle y est, qu'ils y sont. La femme replonge son nez aquilin et poudré dans son portable. La cloche sonne. Le cœur de Joseph bat plus vite.

— Ils prennent leur temps en plus ! s'énerve la gravure de mode, alors que les petites frimousses ne sont pas encore sorties de leur classe.

Elle se tourne carrément vers Joseph et cherche en lui un soutien dans le constat sans appel de la décadence de l'école républicaine. Joseph ne fait pas un geste. Mis ainsi en joue, il est paralysé.

— Vous attendez votre petite-fille, c'est ça ? poursuit l'agressive, à la recherche d'une réponse. J'aimerais bien pouvoir compter sur mes parents moi aussi, ou ceux de mon mari. Mais non, ils ne sont jamais disponibles, toujours en voyage. Il faut tout faire toute seule !

Gabrielle surgit, sautillante, souriante, et se jette sur la viennoiserie.

— T'es trop mignon mon petit papa ! le remercie-t-elle en croquant dans le pain au chocolat.

La femme considère l'enfant. Puis Joseph. Puis l'enfant à nouveau. Et elle s'autorise à intervenir, parce que de toute façon, elle s'autorise à peu près tout :

— « Papa » et pas « papi » ? Vous êtes son père, donc ?

Joseph n'ose pas répondre. Lui ne s'autorise pas grand-chose, et depuis très longtemps. Alors Gabrielle le fait pour lui, innocemment, parce qu'elle est bien élevée, et qu'on lui a appris qu'il faut retourner des mots quand on vous en adresse :

— Oui, z'est mon papa. Zozeph Gaillet.

— Ha ! Et ta maman, elle est beaucoup plus jeune, du coup ? poursuit l'inquisitrice.

Joseph est muet. Interdit par la curiosité malsaine de cette femme. Meurtri par ce mot jamais prononcé : maman. Gabrielle ne comprend pas son incivilité. L'usage de ce mot prohibé la déroute plus encore. Alors elle lance :

— Ma maman, l'est morte.

Puis elle tourne le dos à l'enquêtrice sidérée et se met en marche. Joseph la suit, puis la rattrape. Ils marchent côte à côte, parallèles, et chacun garde ses mains bien au fond de ses poches. Le trajet se fait en silence. Il n'est plus question de sautillements, de récits détaillés de la journée, d'allégresse répandue dans cet été indien aux arbres rougissants. À la gare, Joseph termine sa journée tandis que la petite est assise dans son carton-cabane, les bras enserrant ses genoux. La dernière ronde se fait au pas de course. L'appartement les accueille alors qu'ils n'ont pas échangé un seul mot. Gabrielle prend Ours Puant et s'assoit par terre, au milieu de la pièce. On ne peut pas faire abstraction de sa présence, impossible de l'éviter, comme cette conversation qui se profile.

Joseph la redoute. C'est le piège dans lequel il s'est efforcé de ne pas tomber. Le mot tabou. Mais qui a toujours réussi à se faufiler dans les histoires lues, les dessins animés, les conversations anodines. Maman. Joseph se dit qu'il y est, qu'il doit se lancer, que c'est maintenant, et puis tant pis. Vaille que vaille. À la vas-y-comme-je-te-pousse. Comme quand on saute dans un torrent froid. Bon, il se sert tout de même un petit verre de prune – cadeau de sa mère au dernier Noël – pour se donner du courage.

— Ta maman, commence-t-il…

Gabrielle se fige. Elle est comme un lapin à l'arrêt, elle dresse et tend ses petites oreilles.

— Ta maman, reprend Joseph après une deuxième lampée, n'est pas morte, comme tu l'as dit. Ta maman, je l'ai vue une fois. Hier, à la gare.

Gabrielle s'est levée. Et se rapproche de lui pas à pas.

— Elle a demandé de tes nouvelles. Mais sans parler. Et elle est partie. J'ai essayé de la rattraper en courant, mais je n'ai pas réussi.

Joseph finit le verre d'un coup. S'en ressert un. Qu'il vide à nouveau d'un geste sec.

— L'est belle ? demande Gabrielle qui s'est rapprochée.

Joseph fixe cette petite fille contre sa jambe, qui lui pose cette question à laquelle il ne s'attendait vraiment pas. Est-ce vraiment ce qu'elle veut savoir ? Ce qui lui semble le plus important ?

— Oui, je trouve. Enfin, selon mon goût... Elle a l'air gentille aussi...

Joseph va chercher les assiettes à soupe. Et les couverts. Il s'emmêle dans ses tâches, il patine avec les mots.

— Elle reviendra ?

C'est la grande interrogation. Faut-il mentir ? Ou dire la vérité nue : qu'il ne sait même pas pourquoi elle est venue, alors comment prévoir si elle repassera. Qu'elle n'a pas demandé à voir son enfant, mais s'est pourtant enquis de l'essentiel. Que les gens sont imprévisibles, fondamentalement, et que Joseph les comprend mal.

Alors il se penche vers l'enfant, la prend dans ses bras et la hisse jusqu'à sa place :

— Je ne sais pas ma cocotte. Je ne sais pas.

Gabrielle le jauge, ses yeux scrutent le tréfonds de ses pupilles et progressent jusqu'à son âme. Puis elle tend sa serviette à Joseph et déclare :

— Aujourd'hui, c'est mardi, c'est soupe à la carotte ! Ça vient, Jojo ?

Et elle rit de sa bonne blague. Peut-être qu'elle aussi a besoin de légèreté dans cette conversation qui pèse des tonnes. Peut-être qu'elle botte en touche, joyeusement, pour en revenir au fondamental : ce repas partagé ensemble, chaque soir, depuis presque trois ans. Alors Joseph fait semblant de courir à toutes jambes vers les fourneaux et s'écrie :

— Tout de suite, mademoiselle Gabrielle, ça arrive tout de suite !

Les ennuis continuent lorsque quelques jours plus tard, alors que Joseph savonne Gabrielle dans la bassine en fonte qui fait office de baignoire, il remarque des bleus sur ses tibias.

— C'est quoi ça ? demande-t-il.

— Des bobos.

— Je vois bien que ce sont des bobos, des hématomes même. Comment tu t'es fait ça ?

— Je m'ai rien fait, c'est les autres qui m'ont fait.

Le sang de Joseph se fige. Il tourne à l'aigre dans ses veines. Joseph s'empoisonne en superposant le petit corps nu de Gabrielle à celui, outragé, d'Ombeline. Tout lui revient. Les photos horribles qu'on lui a mises sous le nez pour forcer ses aveux, les récits sordides dans la presse, l'exposé minutieux des violences subies lors de la lecture du dossier par son avocat. Il lâche l'éponge qui éclabousse Gabrielle. Elle rit. Elle est dans l'ignorance du terrible, la vie est un jeu innocent, la stupeur est forcément une feinte, prémices d'une séance de rigolade intense. Alors Joseph tape l'eau du plat de la main, chatouille, ajoute du savon, cachant sa peur et la colère qui l'envahit.

Le lendemain, il attend Gabrielle à la sortie de l'école, le goûter en bandoulière. Il sifflote, à la fois pour se donner l'air détendu, et parce qu'il a l'impression que sa hargne va disparaître par petites bouffées. Il a les noms des deux caïds qui coincent Gabrielle et Zoé dans le coin de la cour et leur donnent des coups de pied à n'en plus finir. Quand ils apparaissent, et que Gabrielle les désigne de son doigt minuscule, il s'approche d'eux et ses expirations s'accélèrent.

— Bonjour, je suis Joseph, le papa de Gabrielle, et si vous continuez à lui faire du mal, je vous en ferai moi aussi.

Les deux petits le regardent, interloqués. Joseph s'apprête à repartir mais il veut être sûr d'avoir été bien compris.

— Je vous ferai très mal. Très très mal même. Une douleur de bête. Quelque chose d'insupportable.

Joseph accompagne sa menace d'une grimace effrayante, front plissé, dents visibles, regard sombre, cheveux hirsutes. Les enfants s'éloignent en hurlant. Joseph en hurlerait aussi, mais de joie. Ils ont compris la leçon. Ils ne toucheront plus à Gabrielle.

Le lendemain, la sanction tombe sous la forme d'un mot dans le cahier de liaison : Joseph est convoqué par la maîtresse.

Il marche, il tourne, il erre dans la gare. Adèle, derrière le comptoir de son snack le voit traverser une fois. Puis une seconde fois. Elle finit par poser un café devant un client pressé et saisit Joseph par le bras :

— Viens donc t'asseoir, tu me donnes le tournis ! Qu'est-ce que tu as ? Tu as mangé un truc qui ne passe pas ?

Joseph fait non de la tête.

— Oh, je sens que ça va encore être une opération « Allons chercher les mots dans la bouche de Joseph ! » Bon, je pars à la pêche !

Et syllabe après syllabe, Adèle extirpe le récit des méfaits de son ami, tout en frottant une par une les tables hautes de son petit café.

— Pour résumer et pour être sûre d'avoir tout bien compris, conclut-elle, tu es allé menacer à la sortie de l'école deux bambins de trois ans, tu leur as promis des souffrances sans nom s'ils touchaient à nouveau un cheveu de la tête de Gabrielle.

Joseph opine du chef en souriant. C'est exactement cela, mais en bien mieux dit qu'il ne l'aurait fait.

— Et aujourd'hui tu es convoqué par la maîtresse ?

Le sourire de Joseph se fige. Oui, c'est un problème.

Adèle donne un coup sec de lavette sur la table qu'elle fouette comme un mauvais cheval. Joseph sursaute. Il a l'impression d'être lui-même fouetté.

— Mais t'es pas fou ! Ça ne va pas bien là-haut ? Des mômes de trois ans ! Tu as dû leur faire une trouille bleue ! Et ils ont tout raconté à leurs parents et à la maîtresse. Elle va se faire exclure, Gabrielle, avec tes bêtises ! Tu y as pensé à ça ?

Joseph n'a pensé à rien, il s'en rend compte à présent. L'instinct de survie a pris le dessus, et les réflexes qui vont avec : intimidation, violence, rapport de force.

— Tu fais la leçon à Gabrielle, ne pas se faire remarquer, être la petite fille idéale, pour vivre heureux vivons cachés, et tout le tintouin, et toi tu fiches tout en l'air, tu fais n'importe quoi ! Et si on te met les services sociaux au cul, on fait comment ?

Joseph enfouit sa tête entre ses bras et serre sa nuque de ses grosses mains calleuses. Non, non, non, pas ça, ce n'est pas possible, il n'a pas pu faire ça. Adèle attend qu'il se redresse pour lui envoyer une seconde salve. Elle va être confiée à l'ASE, il ne va jamais pouvoir la récupérer, mais quel couillon il fait ! Mais bientôt elle voit le dos de Joseph qui tressaute. Elle comprend que ce grand homme si robuste est en train de pleurer, là, penché sur cette table, au milieu de la gare. Qu'il cache son désarroi dans un enroulement approximatif, mais que ses épaules tremblantes le trahissent. Alors elle y pose délicatement la main.

— Là, là, c'est tout, c'est tout.

C'est tout quoi, elle ne sait pas, mais ce sont les mots qui lui viennent.

— On va se sortir de ce pétrin. On va aller la voir, Miss Chignon, et on va se la mettre dans la poche. Bon, elle nous attend à quelle heure ?

Adèle comprend 16 h 30 dans la réponse étouffée et confuse qui lui parvient.

— Très bien, nous serons prêts ! Je passe te chercher à 16 h 10.

Quand Joseph sort la tête de ses étagères, attiré par le bruit de talons qui malmènent le sol cimenté de la gare, il lâche le parapluie qu'il était en train de ranger : Adèle se tient devant lui en tailleur gris, tanguant sur des petits escarpins, les lèvres rosées, les yeux crayonnés. Jules est en retrait, et le regard qu'il lance à Joseph témoigne de ce même étonnement.

— Oui, je sais, et je te vois Jules faire tes gros yeux, même si tu es derrière moi, ce n'est pas la Adèle que vous connaissez ! Mais faut ce qui faut ! Je vais lui en remontrer moi à cette Miss Chignon. Allez en route, mauvaise troupe !

Joseph, aux côtés de Jules, emboîte le pas vacillant mais énergique d'Adèle, se demandant où cette équipée va les mener et s'il doit faire confiance à cette facette fantasque et batailleuse de son amie. Il décide que oui. Il rattrape Adèle, qui fonce aussi vite que ses chaussures le lui permettent.

— Le premier qui rigole, je lui balance un coup de sac à main, envoie quand même Adèle aux deux traînards qui se contentent de se sourire des yeux. Et attention, j'ai mis un parpaing dedans !

Jules glisse à Joseph :

— La dernière fois que je l'ai vue ainsi, c'était pour le mariage d'Arthur, notre aîné. Ça lui va bien, hein ! C'est la tenue des grandes occasions. Ça doit être une grande occasion pour Adèle aujourd'hui !

Devant l'école, ils attendent la sortie des enfants. Adèle expose son plan.

— Jules va récupérer Gabrielle et nous attendre ici. Nous, on va voir la maîtresse. On se présente comme les parents. Des parents sur le tard, précise Adèle en remodelant sa coiffure. Le maquillage, les talons, ça rajeunit. Et l'âge, c'est dans la tête. On est des jeunes, Joseph ! Et Gabrielle est notre fille ! J'ai les papiers qui le prouvent dans mon sac, merci Florentin. Ha oui, on est mariés. Je suis madame Gaillet ! En avant !

Joseph sursaute, il vient de récupérer une épouse en une seconde, ça lui fait un peu drôle. Mais il n'a pas le temps de s'étendre, car une jeune femme sévère fonce sur eux :

— Nous avons rendez-vous, je crois, dit-elle en tenant par la main Gabrielle, qui les pointe du doigt.

— Parfaitement. Tout à fait, répond Adèle avec son plus beau sourire rose dragée.

— Suivez-moi !

La maîtresse n'a pas rendu le sourire enjôleur. Sa démarche est militaire. Sa tenue aussi : pantalon droit, pull ras-du-cou sans fioriture, aucun bijou, cheveux attachés. Elle porte simplement un gilet posé sur ses épaules par-dessus son lainage. Frileuse, mais avec une cape de superwoman. « Tout un programme », songe Joseph.

— Ça ne va pas être une partie de campagne ! murmure Adèle, qui apparemment partage l'analyse de Joseph. On dirait un âne buté.

Joseph opine. La comparaison est vraiment pertinente. Elle a tout de la bête têtue, y compris dans sa façon de se mouvoir. Il repense alors brièvement à l'âne dans le champ de Léon. Enfant, il aimait caresser les oreilles de l'animal, en feuilles d'endives, douces et rigides à la fois. Cela l'avait toujours fasciné, ces deux organismes vivants, quasi indépendants, logés sur la tête de son compagnon de solitude. Elles se tendaient, parallèles, quand il arrivait, s'assouplissaient quand il les touchait, l'une pouvait tourner vivement dans une direction si un bruit survenait, tandis que l'autre restait droite, ou les deux s'abaissaient, soumises, quand une bêtise était commise ou un entêtement puni. Adèle touche l'épaule de Joseph. Il se ressaisit, ce n'est pas le moment pour la nostalgie.

Ils avancent vers la classe. Et soudain, Adèle lui prend la main. Joseph veut la retirer, mais elle la tient fermement. Certes, ils prétendent être mariés, et ce geste ne fait que rendre crédible ce lien fictif, mais il sent qu'il y a autre chose, comme un besoin d'être rassurée sous ses airs conquérants, comme un soutien recherché dans ce vaudeville si important. Alors Joseph serre la main d'Adèle. Une fois. Ça va bien se passer. Une seconde fois. Ça va très bien se passer.

Ils entrent et se plient aussitôt, s'affaissent, se courbent. Tout est à hauteur d'enfant, ils se sentent trop grands, ils réduisent leur taille. La maîtresse les fait d'ailleurs asseoir sur de toutes petites chaises. Ils sont minuscules et voûtés, elle peut faire la démonstration de sa puissance, debout.

— Alors, je vous ai convoqués, car les faits qui vous sont reprochés sont graves.

— Ho là oui, on est bien désolés, c'est mon Jojo quand il s'énerve ! Vous savez, il est si protecteur que… tente Adèle en serrant plus fort la main de Joseph et en souriant outrancièrement.

— Ne m'interrompez pas ! coupe sèchement la maîtresse.

Joseph se garde bien de souligner que c'est elle, précisément, qui vient d'interrompre Adèle. Il connaît trop les discours d'autorité. Il sait qu'ils transgressent les règles qu'ils imposent aux autres. Ils ont ce droit-là. Ils ont tous les droits. Elle reprend, hautaine, froide, au point de se demander comment elle fait avec les petits qui viennent déposer à ses pieds toute leur tendresse et leur admiration débordante.

— Monsieur, vous avez menacé à la sortie de cet établissement deux enfants en classe de première section de maternelle. Menacés physiquement. Je vais devoir faire un courrier à l'inspecteur d'académie, je suis désolée.

Nous ne pouvons tolérer ce genre de comportement. Gabrielle devra quitter cette école. Et je ferai un signalement aux services sociaux.

L'annonce tombe comme un couperet. Elle rappelle à Joseph d'autres jugements définitifs, d'autres condamnations sans appel. Il est prostré. Le passé l'enserre. Les mots le ligotent. Il est entravé. Adèle le regarde s'affaisser. Alors elle se redresse et décide de combattre seule. Elle a de la force pour deux. Elle a même de la force pour dix, à vrai dire. Elle lâche la main de Joseph, non sans l'avoir écrasée au préalable, et se lève brutalement. Ça va bien de la cantonner à une mini-chaise, mais elle n'a plus deux ans ! Elle se sent le courage et l'audace d'une maxi-femme même !

— Très bien, madame ! J'ai hâte de la lire, moi, votre lettre où vous expliquerez qu'un père a voulu faire peur à deux petits voyous qui martyrisaient sa fille et la rouaient de coups pendant les récréations surveillées…

Adèle appuie sur ce dernier mot et le laisse traîner dans le silence de la classe. La maîtresse pâlit.

— Parce que ce sont bien les maîtresses qui surveillent la cour à tour de rôle pendant la récré, non ? Alors vous étiez où pendant que tout cela se passait ? Vous vous faisiez les ongles ?

— Madame ! Je vous en prie ! s'indigne la jeune femme.

— Priez-moi, priez-moi, mais il n'en reste pas moins que vous n'avez rien fait pendant que ma fille se faisait esquinter de partout ! Et c'est ça que je vais écrire, moi, dans ma lettre à l'inspecteur !

Les deux femmes se font face. Adèle toise l'institutrice de quelques centimètres. Les talons sans doute. Joseph perçoit que le rapport de force s'est inversé, que la peur a changé de camp. La maîtresse baisse la tête, comme un âne qui se résigne, elle remet en place sa cape de laine, qui a dégringolé de ses épaules. Elle se déplace à pas lents vers la fenêtre, contemple quelques instants la rue entre deux dessins, et lâche, le dos tourné :

— Je crois que nous sommes partis du mauvais pied vous et moi. Il y a sans doute quelques justifications à votre geste, monsieur, qui m'ont échappé…

Elle ne les regarde pas. « Ce ne doit pas être le genre à savoir s'excuser et reconnaître ses torts », présume Joseph. Les regrets l'écorchent, l'humilient. Elle ne peut les faire qu'à contrecœur, de dos, face au mur.

Adèle fait signe à Joseph de se lever et de gagner la porte avec elle.

— Oui, voilà, cela vous aura échappé, on va dire ça, conclut Adèle. L'incident est donc clos, chère madame, on oublie les courriers, l'inspecteur et tout le barda, tout est en ordre, et j'espère que vous continuerez à bien prendre soin de notre petite Gabrielle.

— Mais tout à fait, confirme la maîtresse.

— Alors au revoir, madame, lance Adèle, la main sur la porte.

— Au revoir.

La phrase est adressée à la rue, aux arbres, aux nuages. Mais ils s'en contentent. Ils ne sont venus que pour éteindre un feu. Celui-ci étouffe près d'une fenêtre. Ils sortent sans bruit et rejoignent Jules et Gabrielle.

— Alors ? s'enquiert Jules, inquiet.

— Alors, on te l'a retournée comme une crêpe ! À la fin, elle faisait moins la maligne, crois-moi, mon chéri. Allez, on rentre ! J'ai faim !

Et la petite troupe regagne la gare de l'Est d'un pas léger et pacifique. La guerre est derrière eux.

15
Photos et récoltes

Les années passent. Maternelle, primaire, Gabrielle grandit, s'épanouit, se déploie.

Ce soir, Joseph est assis à la table de la cuisine. Il feuillette l'album-photos qu'il a rempli consciencieusement, mois après mois, année après année. Pour retenir ce temps qui se faufile, pour jalonner ces saisons qui se ressemblent, pour fixer les événements qui aiment s'échapper des mémoires.

Autour de lui, le décor a bien changé. Gabrielle a désormais sa chambre, ou plutôt un petit coin aménagé pour elle, caché des regards par un paravent orné de ses œuvres. Des dessins colorés, avec des soleils (Adèle a examiné chaque réalisation et déclaré : « Il y a chaque fois un soleil grand et jaune, c'est bon signe, cette enfant va bien, j'ai lu ça dans un livre de psycho »). Mais le dessin préféré de Joseph, c'est tout de même celui où ils sont tous, du plus grand au plus petit, Joseph en immense, presque un carré, puis Adèle, puis Zoé, de la même taille qu'Adèle (« Faut pas être susceptible tout de même », a dit Adèle), Jules, mamie d'Ardèche, Adèle, donc, et à côté d'elle, un fantôme en drap blanc. Au-dessus c'est écrit « Maman ».

Joseph ne saurait mieux l'exprimer : la mère de Gabrielle est un fantôme. Qui hante leurs vies de façon discrète et mystérieuse. Qui réapparaît tous les ans le jour de la rentrée des classes à 15 h 45 précisément. Elle surgit, elle demande des nouvelles sans dire un mot, Joseph essaie de faire un résumé succinct des événements marquants de l'année, en tâchant de ne rien oublier, puis elle s'évanouit rapidement, un vague sourire aux lèvres. Elle n'a jamais souhaité rencontrer Gabrielle, qui ne le demande pas non plus. Cette situation a l'air de lui convenir. Du moins suffisamment pour qu'elle voie le soleil dans sa vie.

À la tête du lit de Gabrielle, Joseph a installé une petite étagère d'imprimeur qu'il a trouvée un matin dans la rue. Dans les petits casiers où se nichaient autrefois les lettres de plomb qui servaient à imprimer journaux et livres, Gabrielle place des petits objets de mémoire. Car ils ont désormais tous les deux un petit rituel : tous les soirs, quand ils redescendent de leur petit appartement après le dîner pour aller effectuer une dernière ronde, ils choisissent dans leur moisson du jour un objet et racontent une histoire en s'inspirant de lui. Une épingle à chignon est l'occasion d'un récit inventé à propos d'une ballerine russe qui viendrait passer une audition à Paris, arriverait en retard, et finalement se mettrait à danser dans le couloir et obtiendrait le rôle-titre du ballet. Un pendentif en forme de corne sert de prétexte à une fable paysanne où un homme perd sa vache et la cherche partout.

Les histoires, simples au début, s'élaborent et se complexifient à mesure que Gabrielle développe son vocabulaire et sa connaissance de la vie. Ils alternent la prise de parole, un jour elle, le jour suivant c'est à lui. Il sent alors que l'attention de Gabrielle est toute tendue vers ce qu'il s'apprête à raconter. Car il se dévoile peu à peu, chaque objet ouvre une porte de son passé. L'enfance apparaît, pièce par pièce, comme un puzzle qu'une parole timide et fragmentée reconstitue. Joseph ne respecte aucune chronologie, l'objet trouvé oriente l'aveu. Une fleur tombée d'un bouquet convoque les couronnes tressées des fêtes de village où il allait avec la première Gabrielle ; une petite voiture, les séances de jeu avec son père sur un circuit aménagé dans la grange ; un briquet, les flambées du soir dans la maison ardéchoise.

Chaque jour, Joseph note dans un carnet rangé dans le tiroir de la table de cuisine la nature de l'objet trouvé et le récit qu'il a suscité. Son métier déteint parfois sur sa vie personnelle : enregistrer, consigner, ne rien laisser perdre. Les plus petits objets prennent ensuite place dans l'étagère au-dessus du lit de Gabrielle. Ils la protègent, la rassurent et la constituent. Elle est faite de tous ces récits. Son être est la somme de toutes ces histoires.

C'est au cours de leurs expéditions sur les quais et dans les trains qu'un soir ils ont trouvé leur petit chat. Ils ont entendu un raffut et des miaulements discrets venant d'un sac plastique sous une banquette. Un chaton noir se débattait au milieu des emballages de chips et de sandwichs. Et tout a resurgi, intact, pour Joseph. Il a alors raconté leur rencontre à Gabrielle. Il a tu le souvenir des petits chats morts de son enfance. Mais pas ses appréhensions. Son envie de fuir. Et comment elle avait su le convaincre sans rien faire pourtant. Gabrielle a pris le petit chat dans ses bras. Délicatement.

— Il est tout noir, a-t-elle souligné. On dit que ça porte malheur…

— On dit beaucoup de choses, rétorque Joseph. Et surtout des bêtises…

Il a repensé à la tache de naissance. À l'ange maudit. Devenu son petit ange. Le chaton s'est lové dans le cou de Gabrielle. Ses moustaches l'ont fait rire et se tortiller. Alors Joseph a eu ce trait d'esprit, une rareté chez lui :

— On va l'appeler Touille ! a-t-il déclaré de façon définitive.

— « Touille » ? Pourquoi « Touille » ?

— Parce qu'il te chatouille. Chat-Touille.

Gabrielle a ri. Et le nom a été adopté. Ils sont repartis avec la petite bête qui s'est installée chez eux, allant, venant, ramenant quelques souris, explorant les toits, avide de câlins et de confidences.

Le regard de Joseph se tourne maintenant vers la cuisine. Elle aussi a changé. Elle s'est enrichie de nouveaux accessoires. Car désormais, Joseph cuisine autre chose que de la soupe. Un soir, Gabrielle est revenue de l'école et a proclamé :

— Je voudrais manger des lasagnes.

— Des quoi ? avait demandé Joseph.

— Des lasagnes. C'est italien. C'est délicieux. On en a mangé à la cantine l'autre jour. J'adore !

Joseph s'est donc mis à explorer son livre de cuisine, à suivre à la lettre des recettes élaborées, réussissant à la perfection le rôti de veau aux petits légumes, ratant systématiquement les îles flottantes. Il a ensuite adapté, innové, jusqu'à créer des plats inédits, la charlotte Adèle, à base de myrtilles, le marbré Gabrielle, vanille et chocolat, la blanquette Jules, avec des girolles.

Joseph a aiguisé son sens de l'observation. Autrefois, la ville était un décor sur lequel ses yeux glissaient. Aujourd'hui, il s'intéresse vraiment aux choses. Gabrielle lui fait l'effet d'une opération de la cataracte. Leurs promenades dans Paris sont l'occasion de trouvailles insoupçonnées. Non pas qu'ils découvrent des merveilles à chaque coin de rue, mais ils sont devenus attentifs aux détails, aux matières, aux lumières. Cela l'agaçait au début. Chaque sortie prenait des heures. Il fallait s'arrêter sans cesse. La petite montrait un feu rouge, une affiche, un nuage dans le ciel, une irrégularité sur le trottoir, des petits cailloux dans les allées, des marrons lisses. Cela n'en finissait pas. Elle s'étonnait et s'émerveillait de tout. Alors Joseph, plutôt que de s'énerver et de la presser, a ralenti. Qu'avait-il de mieux à faire que de passer ce temps ensemble ? Et il a ouvert les yeux. Les noms des rues lui sont apparus, il a appris leur origine, les arbres sont devenus des repères, et des amis, les ciels ont livré leurs nuances, les portes ont été davantage que des pans de bois fermant des immeubles. La gare de l'Est même a offert ses ferronneries, sa verrière, la multitude de ses trains, l'irrévérence de ses graffitis, la variété de ses panneaux publicitaires. Têtes en l'air ou têtes baissées, ils vont désormais, à l'affût de la beauté visible du monde. Les clichés n'existent plus. Il n'y a plus que des choses à admirer.

Joseph se lève et passe sa tête au-dehors par la petite fenêtre de la cuisine. Le coucher de soleil de Montmartre apparaît, la tour et le dôme noirs qui se détachent en ombres chinoises sur des fonds orangés, roses, violets. Et même le réservoir d'eau. S'il devait dire en quoi sa vie a changé, il répondrait qu'il voit aujourd'hui le château d'eau à côté du Sacré-Cœur.

Il va reposer l'album-photos dans l'étagère. Il prend un livre.

Ils se sont constitué une grande bibliothèque, une planche solidement fixée au-dessus du lit de Joseph, couverte d'ouvrages classés de façon chronologique. À gauche les albums, images et textes courts, que Joseph lisait à Gabrielle le soir, sans oser avouer qu'il retrouvait avec elle les mots, le plaisir d'avoir un livre entre les mains, la surprise d'entrer dans un autre monde, la joie de s'y mouvoir. Puis les premiers romans, dans lesquels Gabrielle s'est lancée seule, avec Joseph en soutien, si jamais. Puis les pavés plus épais, qu'ils commencent à partager. Une bibliothèque de seconde main. De livres récupérés dans la gare, qui ont une deuxième vie dans cette mansarde. Comme eux deux.

Ce soir, Joseph lit, Gabrielle dort paisiblement.

Ce sont de belles années, une belle époque, *leur* belle époque, fourrure et satin, chaleur et douceur, luxe d'être ensemble, désinvolture devant le temps qui passe, avant que la guerre ne s'approche…

16
La chute de Lucifer

Gabrielle entre au collège. L'été ne s'est pas très bien passé. Ce qui un an auparavant était source de joie et d'émerveillement est devenu morosité et ennui. Joseph ne comprend pas. Gabrielle se lasse, rechigne devant l'effort, critique, s'énerve. Elle ne veut plus aller camper dans la montagne ardéchoise. Les balades en forêt l'épuisent à l'avance, les pique-niques ne sont plus gais, la rivière et ses barrages provoquent ses soupirs. Les repas sont longs comme des messes, silencieux, pesants, les plats sont trop gras, et pourquoi tant de viande, et on est obligés de passer des heures à table, et la soupe le soir même en été on ne voit ça qu'à la campagne, vraiment. Elle pique ou elle se tait. Et lorsqu'il s'emploie à la sortir de sa langueur, son inertie, sa couette, elle se replie dans un mutisme hostile. Ses blagues ne la font plus rire. Il se sent souvent maladroit, inadéquat, lourd, là où elle le rendait autrefois fort, brillant, habile. Il la gêne.

« Été du serpent », diagnostique simplement sa mère. Pour elle, c'est l'été où l'enfant devient reptilien, sournois, méchant. Mais peut-être tout simplement l'année où il change de peau, laisse l'ancienne pour une plus grande, et cette mue le fatigue tant que tout lui pèse.

Le jour de la rentrée, Gabrielle le somme de ne pas l'accompagner.

— C'est bon, je sais où c'est ! Et tu ne vas pas me suivre partout comme un chien-chien, ça va, quoi !

Joseph est sidéré par ce nouveau vocabulaire. Par la violence de ces mots. Par l'air bravache qui les accompagne. Et par cette façon de se tenir. Cambrée, arrogante. De se vêtir aussi. Court, près du corps, minimaliste. C'est elle dorénavant qui choisit ses vêtements aux objets trouvés, et quand il ose lui ramener quelque chose qui, croit-il, lui irait, elle le regarde d'un air consterné. Il la connaît donc si mal pour lui proposer ces nippes ! Il est sérieux là ? Il la trouve si petite encore, si fragile. Une sorte de paradoxe vivant, de chimère réelle, un corps d'enfant affublé des oripeaux d'une femme. Une minuscule qui singe une adulte. Un oisillon qui s'essaie au faucon. Il sait qu'elle grandit. Mais il ne s'attendait pas à ce qu'elle grandisse si vite et contre lui.

Il ne répond pas. Un chien ne répond pas. Il renonce. Se soumet. Couché. Panier. Le cycle naturel des accompagnements heureux est rompu. Celui du rituel de la photo de rentrée, cartable au dos, également. Il n'ose la réclamer. Il se dit qu'elle la lui offrira demain, quand le stress d'une première journée au collège aura disparu. Oui, c'est cela, elle a peur, et la peur fait faire et dire n'importe quoi.

Joseph file à la gare. Une routine pour contrecarrer un comportement déroutant. Le sourire, la gouaille, la bonté d'Adèle pour réparer la moue, le silence et les tacles blessants. Adèle est fidèle au poste (comme un bon chien, pense-t-il au passage), servant des cafés, prenant des nouvelles, astiquant le comptoir et les tables.

— Hou… Toi ça ne va pas ! T'es pas au collège ?

Joseph fait non de la tête.

— Oh, t'as ton air de chien battu !

Mais qu'est-ce qu'il y a donc aujourd'hui avec les chiens !

— Bon, chocolat chaud et mousseux, je ne vois que ça, c'est réconfortant.

Adèle prépare la boisson. Avec un cœur dans la mousse.

— Oui, je sais, c'est kitsch. Mais bon, ça dit ce que ça dit, sans avoir à le dire, ce qui peut être pratique, quand t'es un peu pudique.

Joseph regarde le cœur qui surnage dans son chocolat chaud.

— Au début, je les ratais tous. Ça faisait des sortes de patates, ou des paires de fesses ! Les gens faisaient de drôles de têtes, je te raconte pas ! Du coup, j'ai dû retourner en formation pour apprendre pendant deux jours à faire ces fichus cœurs. Et maintenant, je te réussis ça les yeux fermés ! Comme quoi, en amour, faut s'accrocher.

Voilà, il a suffi à Adèle d'un petit détour par une tasse remplie d'un chocolat mousseux pour dire la difficulté des sentiments et la ténacité qu'ils requièrent.

Joseph avale le cœur et le breuvage d'une seule gorgée et gagne, soulagé, son bureau. La journée va passer, les esprits vont se calmer, et ce soir tout sera rentré dans l'ordre.

C'est une journée un peu particulière. Il le sait. C'est la journée où la mère de Gabrielle passe faire sa visite annuelle. Sans un mot toujours. Un fantôme qui n'exige rien, mais attend patiemment qu'on lui donne. Une présence muette qui appelle la confidence, mais se refuse à ouvrir son cœur meurtri. Un aller sans retour dans les mots et le partage. Qu'importe. Joseph prépare toujours ces entretiens. En général, il fait un petit plan dans sa tête, résumé des événements marquants de l'année, progrès notoires, nouvelles compétences acquises, amis rencontrés, vacances heureuses, exploits sportifs, médailles reçues, nouveaux goûts vestimentaires et culinaires. Il accompagne son exposé de quelques photos. Il prend soin de les faire tirer en double pour qu'elle puisse en garder un jeu pour elle. Mais ce matin, il se demande comment il va faire pour taire l'été difficile, la colère de la petite, son mal-être.

Elle apparaît. Imperméable beige, sandales usées, robe fleurie. Elle ne change pas : le temps glisse sur elle. On pourrait croire qu'elle n'existe pas vraiment. Joseph lui fait signe de s'approcher et l'encourage d'un sourire. Il a préparé un café et pris des croissants chez Adèle. Elle n'y touchera pas, mais ils sont le signe qu'elle est attendue et accueillie. Elle tient toujours sa tête baissée. Comme si elle portait le poids d'une faute sur sa nuque. Joseph aimerait lui expliquer qu'il n'y a pas de mal dans ce qu'elle a fait, seulement un bien immense dont il ne peut s'acquitter. Ils sont en face l'un de l'autre, reconnaissants, l'un d'avoir donné, l'autre d'avoir pris. Joseph se lance dans son discours de circonstance. Il montre les preuves de ce qu'il avance : le carnet scolaire, la photo de la dernière kermesse de l'école primaire, Gabrielle assise sur un rocher en Ardèche. Elle s'arrête sur ce dernier cliché et l'observe plus attentivement. Elle pointe ensuite le visage de l'enfant. Et fronce les sourcils. Joseph comprend qu'il vaut mieux répondre le plus honnêtement possible à cette question qui n'est pas formulée, à cette inquiétude maternelle qu'on n'endort pas avec des récits fallacieux. Il dit l'été raté, la mauvaise humeur, le rejet dont il est l'objet. Alors elle lui touche le bras. Elle lui apporte son soutien et lui transmet un peu de sa force pour les jours qui s'annoncent difficiles. Elle regarde à nouveau la photo et dodeline de la tête : elle sait qu'ils entrent dans le dur. Elle ouvre son sac en vieux cuir et en sort une enveloppe et un petit paquet. Elle a écrit « Gabrielle » dessus. Elle les confie à Joseph. Il s'engage à les transmettre à l'intéressée. Elle remercie en joignant les mains, comme chaque fois, le même salut oriental que Joseph mime. Lui aussi tient à la remercier. Puis elle part vite, tout comme elle est apparue. Joseph glisse les cadeaux dans la poche de sa veste et se met à travailler.

Le soir venu, il prépare des lasagnes. Le plat préféré de Gabrielle. Ça lui fera plaisir. À 19 heures, elle n'est toujours pas rentrée, tandis qu'il sort le plat du four. À 20 heures non plus, tandis que les pâtes refroidissent. Soudain à 20 h 15, la porte s'ouvre brutalement. Elle entre comme une tornade, fonce vers la table, se sert une grosse part de lasagnes, s'assoit et se met à manger. Joseph a le cœur qui cogne. De stupéfaction, d'indignation, de colère. Il a envie lui aussi de claquer une porte, renverser une table, briser une assiette. Mais il va falloir préférer des mots à tous ces gestes violents.

— Bonsoir, commence-t-il doucement. (Les fondamentaux, rappel de la politesse.)

Pas de réponse. Elle bâfre, la tête quasiment dans l'assiette.

— Bonsoir. (Insister. Ne pas céder d'un pouce.)

— 'soir. (Enfin. La bouche pleine, certes, mais c'est une réponse à son salut.)

— C'est à cette heure que tu rentres ?

Joseph veut sa voix calme, mais elle tremble.

La tête remonte, les yeux noirs emprisonnent les siens et la rafale déferle :

— Pourquoi, 'y a un couvre-feu ?

Joseph n'a pas anticipé les balles. Il ploie. Elle continue :

— Tu me fliques, c'est ça ? T'as rien d'autre à faire ?

Le comparer à un flic. Le pire. C'est le pire. Ah non, c'est ce qu'il croyait, mais elle s'acharne :

— T'as vu où on vit ? Tu crois que j'ai envie de rentrer ici moi ! C'est minuscule, ça pue, quand tu cuisines les fringues sentent la bouffe pendant trois jours, j'ai aucune intimité. Je n'ose même pas ramener une copine à la maison. J'ai honte, quoi ! Mes potes ont tous des super-apparts, immenses, modernes, et nous, on vit dans un taudis !

Joseph, comme un imbécile, contemple leur chez-eux de son œil à elle, neuf, critique, dénigrant. C'est vrai que ce n'est pas bien grand. Et pas bien fonctionnel. Et que la décoration est un peu vieillotte. Mais c'est chez eux pourtant. Ils y ont été heureux ! Pourquoi la beauté des choses a soudain disparu ? Pourquoi le petit devient exigu, le cocon un cloaque, la proximité de la promiscuité ? L'ange à l'aile noire a changé aussi de regard sur les choses. Il les enlaidit. Et il n'a pas fini de le faire.

— Et toi, regarde-toi ! Tu ressembles à rien ! J'ai honte. Tu me mets la honte ! T'as l'air d'un gars de la campagne ! Avec tes grosses chaussures moches ! C'est sûr qu'elles sont confortables. Mais elles sont moches ! T'as vu les autres parents ? Ils sont fins, ils sont élégants, à la mode. Mais toi la mode tu t'en fous ! Et puis tu es vieux ! Mais sérieux ! Les parents de mes potes ont la quarantaine à tout casser. Mais toi, t'es limite à la retraite !

Joseph reçoit les coups sans se défendre. Ils sont aussi violents que ceux du gendarme ce matin d'hiver où ils sont venus l'arrêter. Ils le blessent d'une façon différente, mais plus profonde.

Gabrielle est déchaînée. Il ne reconnaît plus ce petit être minuscule qu'il a tenu dans ses bras.

— Et puis je ne sais rien de toi ! Des trucs de-ci de-là, des histoires, inventées si ça se trouve ! Mais t'es qui, vraiment ? En fait, t'es personne ! Un pauvre mec, c'est tout. Avec rien dedans ! Je me rends compte que je connais personne en profondeur en fait. Je ne peux compter sur personne ! Je suis seule.

Joseph voudrait répondre que ce qu'il est vraiment, c'est elle et elle seule qui le sait. Que depuis onze ans, il existe, vraiment, et ce qui précède sa venue mérite l'oubli et le silence.

Mais il sent que c'est la mauvaise réponse. Parce qu'il n'y a qu'un mot à retenir de cette conversation, de ces jours de silence et de haine, c'est le dernier : « Seule ». Et la lettre et le petit paquet qui se trouvent dans sa poche ne contrediront pas cette certitude.

Dès lors, leur vie prend un autre tour. Gabrielle s'est déclarée seule. Elle organise désormais cette solitude autour d'elle. Elle érige des barrières. Elle interdit son accès. Elle s'éloigne.

Et l'impossible prend consistance sous les yeux impuissants de Joseph. La distance, l'incompréhension, le mépris. Eux qui étaient si proches. Qui connaissaient les désirs de l'autre sans qu'il soit besoin de les formuler. Qui les anticipaient même. Qui maraudaient le soir à la recherche de l'objet qui condenserait leur journée. Qui s'endormaient en se souhaitant de bonnes nuits au travers du paravent. Il n'y a plus que le silence, la gêne, des sommeils de plomb sans viatiques bienveillants. Où est la minuscule rieuse et son protecteur bourru ?

Joseph, en perdant son rôle, se défait de son utilité. Il erre désormais dans la gare, entre ses étagères, sur les quais, dans les trains vides, à la recherche d'un passé qui hier encore enchantait ses jours. Et quand elle passe de temps à autre lui faire une visite, c'est pour lui réclamer de l'argent, farfouiller dans les caisses, toiser les gens, le casque sur les oreilles, la bouche ouverte qui mâchouille un chewing-gum.

Adèle assiste à la dégringolade, impuissante. Elle retrouve le Joseph d'avant, celui qui fonctionne plutôt qu'il ne vit, qui enfouit dans le travail méticuleux, obsessionnel, parfait, ses désordres, sa tristesse, son impuissance.

Elle le reconnaît à son front bas, ses épaules voûtées, son sourire disparu, ses mains dans le dos, ses grands pas et son silence hostile. Il lui a simplement tendu un papier pour lui expliquer : « Gabrielle a honte de moi. » Adèle n'a pas eu besoin de plus. La phrase est terrible.

— Elle nous file un mauvais coton la cocotte, je te dis. C'est ses fréquentations, je vois que ça. On l'a bien élevée. L'école, c'est comment ?

Joseph n'ose pas dire qu'il n'en a pas la moindre idée. Autrefois, ils consultaient ensemble le cahier de textes, résolvaient côte à côte les multiplications, faisaient entrer des récitations dans leurs cerveaux respectifs à coups de déambulations dans le petit appartement en ruminant silencieusement des vers. Joseph en avait appris des choses en faisant apprendre Gabrielle. Parfois même, pendant la journée, quand ils n'avaient pas bien compris un élément de la leçon, il cherchait dans un livre de la gare ou demandait à quelqu'un d'instruit de lui préciser un point ou l'autre, qu'il éclaircissait à son tour le soir venu à la petite, triomphant.

Il ignore désormais tout des devoirs, des professeurs, jusqu'à l'emploi du temps. Elle n'a rien voulu dire. Elle lui a même demandé s'il était de la police quand il s'est enquis de ces questions. La police, encore. Elle appuie là où ça fait mal. On ne peut le blesser davantage.

— C'est l'âge, que veux-tu ! Une sorte de crise d'adolescence mais très en avance. De toute façon, elle a toujours été précoce ! Rappelle-toi, elle savait lire avant de rentrer en CP ! Puis c'est peut-être aussi la boue qui remonte ! Tu sais, de pas trop savoir d'où tu viens, donc qui tu es. De pas avoir de racines, d'être comme un arbre qui dérive, un tronc au fil de l'eau, sans savoir où se raccrocher, et qui s'arrête parfois dans les marécages. Une mère qui fait une apparition une fois par an, ce n'est pas énorme malgré tout. Ça te donne du mal-être tout ça. Et si tu es mal, tu fais du mal. C'est bien connu.

Logique imparable d'Adèle, qui n'aide en rien Joseph. On fait quoi contre les piques ? On se défend comment face aux agressions ?

— Alors, la meilleure arme vis-à-vis d'un adolescent, c'est l'humour. Je l'ai expérimenté avec mes deux gamins en son temps, avec un certain succès. Venez dîner vendredi, je te montrerai.

Deux jours plus tard, ils prennent le train pour aller chez Adèle et Jules. Ce trajet qu'ils ont fait cent fois, en poussette, avec la trottinette, les rollers. En racontant des histoires, en inventant une vie aux gens, en contemplant ensemble le paysage. Aujourd'hui elle est là, face à lui, sa musique dans ses oreilles, son regard fuyant, caché derrière une mèche de cheveux, ses chaussures sur les fauteuils du train, jambes repliées, sourire provocant. Joseph la regarde et n'en revient pas : pour la faire venir, il a dû promettre de lui payer la paire de baskets qu'elle réclame. À 120 euros. Il a acheté la visite chez Adèle et Jules ! Jamais il n'avait pensé une telle chose possible. Il en est là.

Le trajet de la gare à la petite maison en meulière se fait dans le silence, elle traîne trois mètres derrière lui, elle ne voudrait surtout pas qu'on la voie marcher à ses côtés. Elle vient, mais à contrecœur – qu'il n'imagine pas autre chose.

Il sonne et tend son bouquet de fleurs à Adèle, qui ouvre la porte, le tablier noué, le sourire bienveillant, les petits cheveux du devant frisottants, car elle a passé du temps au-dessus des casseroles. Elle s'avance pour prendre Gabrielle dans ses bras, mais le mouvement de recul de l'adolescente l'en dissuade.

— Entrez, mais entrez donc, invite-t-elle, décontenancée.

Gabrielle n'a pas enlevé son casque, ni ôté sa veste en jean. Elle est ici en courte visite, que ce soit bien clair. Elle pioche quelques canapés sur la table basse, qu'elle engouffre sans attendre que quiconque soit assis, ait commencé à manger ou soit invité à le faire. C'est elle qui fixe les règles. Et la politesse n'en fait plus partie. Quand Joseph lui fait remarquer qu'elle pourrait attendre que tout le monde soit installé, elle mord, comme si elle n'attendait que ça :

— T'as un problème, rétorque-t-elle agressivement.

Ce n'est pas une question. De fait, il y a un problème. Plusieurs même. Mais Joseph sait que s'il réplique, le problème deviendra une impasse. Alors il élude, affiche un pauvre sourire contrit et propose ses services à Adèle, qui le dévisage, consternée. Jules s'agite avec les bouteilles, en ouvre une de blanc, une autre de rouge, pour dissiper le malaise, faire comme si tout allait bien.

Ils s'assoient dans les fauteuils du salon, sur le rebord de l'assise, bien droits, crispés, et devisent de la météo, du trafic ferroviaire et du nouveau cappuccino qu'Adèle propose dans son snack. Et puis, quand tous les sujets sont épuisés, il faut bien se lancer. Alors Adèle y va courageusement, comme elle sait faire :

— Oh, mais c'est qui, ce petit chat tout renfrogné ? tente-t-elle avec un sourire tremblant.

Gabrielle n'écoute pas. Adèle lui fait signe d'ôter son casque :

— Alors, ce n'est pas Touille qu'il faut t'appeler ! Mais Grin, retente-t-elle. Comme cha-grin...

— Bouffonne ! souffle Gabrielle entre ses dents, en remettant son casque sur ses oreilles.

Adèle choisit comme Joseph de ne pas relever. Sinon, c'est direct le pugilat. Mais elle a la chique coupée. Alors Jules prend le relais et monte à l'assaut. Il s'essaie à la blague. Lui aussi autrefois a eu à pratiquer l'humour avec ses deux fils adolescents :

— On m'en a raconté une bien bonne chez le boucher ce matin. C'est un petit garçon qui entre dans une boucherie et regarde fixement le boucher. « Qu'as-tu à me regarder ainsi ? l'interroge-t-il. – Maman m'a demandé s'il y avait de la tête de veau », lui répond l'enfant.

La plaisanterie et le rire gêné de Jules qui lui succède tombent dans un trou. Que remplit immédiatement Gabrielle. Sa colère ne connaît pas de temps mort.

— Vous me soûlez tous, là, avec votre humour de merde ! s'écrie-t-elle en se levant. Vous ne voyez pas que je n'en ai rien à battre de vos blagues nulles ! Et vous me faites pitié avec votre petit pavillon de banlieue pourri ! Et votre petite nappe à carreaux ! Et toute cette bouffe, là, c'est répugnant !

Adèle s'est levée. Elle défroisse son tablier plusieurs fois, hésitant à dire l'irréparable. Puis elle se lance, car elle n'a pas l'habitude de se laisser faire, même par les gens qu'elle aime.

— « Cette bouffe », dont tu parles, c'est une blanquette de veau, qui mijote depuis ce matin et que Jules et moi avons préparée avec amour avec la meilleure viande du boucher et des carottes du jardin. Cette « bouffe », donc, t'a permis de bien grandir et de devenir la belle jeune fille que tu es aujourd'hui. Parce qu'il y a quelque chose que tu sembles avoir oublié, cocotte, c'est qu'on aurait pu te laisser crever de faim !

La phrase tombe comme un couperet, une vacherie, quelque chose qui est sorti et qu'on regrette tout de suite parce que c'est trop fort, trop violent. Jules pose sa main sur celle de sa femme, agrippée au bord de la table, crispée sur la nappe campagnarde. Mais la tendresse du geste n'adoucit pas Adèle, qui repart à la charge.

— Parce que le gros balourd, là, que tu traites comme le dernier des derniers, il a tout fait pour toi. À commencer par te ramasser dans un train. Et cet homme, qui te fait honte aujourd'hui, il a eu honte, tu crois, quand il t'a trouvée toute merdeuse, toute puante dans ton couffin ? Il s'est posé la question de savoir si tu étais assez bien pour lui ?

Joseph est maintenant debout lui aussi. Il est partagé entre cette défense véhémente de ce qu'il est et de ce qu'il a fait – défense que personne n'a jamais prise avec autant de courage et de talent, même l'avocat qui était payé pour le faire –, et par l'attaque violente que subit Gabrielle, assise, droite, le teint pâle, mais tenant à rester digne, fière même.

— C'est toi qui devrais avoir honte de nous traiter ainsi ! On s'est déguisés pour aller te protéger à la maternelle !

Même que j'avais ressorti le tailleur du mariage de mon fils. Et les faux papiers ? Qui s'en est chargé ? Qui a fait faire un truc illégal pour lequel on pourrait aller en taule ? Et qui t'a emmenée chez le pédiatre ? Et qui t'a gardée ? Et qui s'est occupé de toi quand tu étais malade ? Hein, qui ? Tu t'en fous de tout ça, évidemment ! Heureusement qu'on l'a pas fait pour recevoir des médailles, ou des lauriers ! On l'a fait parce qu'on pensait que c'était bien. Mais on veut bien au moins que tu ne nous craches pas dans les bottes.

Joseph n'a jamais vu Adèle en colère à ce point. D'habitude, il y a toujours dans son déchaînement une once de théâtre, d'exagération, une sorte de distance salutaire où l'humour peut s'introduire. Là, Adèle est tout entière dans son courroux. Et rien ne peut l'en sortir.

Gabrielle l'a compris. Elle se lève lentement. Prend son sac, fait un signe de tête à Joseph pour qu'il lui emboîte le pas sans tarder ni contester, et lance, sans doute pour avoir le dernier mot :

— J'm'en fous, j'ai eu mes grolles !

17
Vols noirs

Le lundi, après deux jours sans sommeil, à déambuler dans les rues de Paris pour ne plus attendre Gabrielle, rentrant seulement le soir pour manger, dormir, sans un mot, sans un sourire, repartant le matin on ne sait où, Joseph file directement vers son bureau. Il traverse la gare au pas de course. Il a tellement honte. Décidément, ce sentiment fait des petits. Ou plutôt se propage comme une sale maladie. Il n'osera pas regarder Adèle en face, affronter son courroux, pire, sa déception. Il n'a même pas suffisamment d'amour-propre pour aller lui demander pardon.

Mais c'est elle qui vient. Il entend son pas, qu'il reconnaîtrait entre tous. Alors il court se cacher derrière ses rayonnages.

— Joseph, je sais que tu es là ! Je t'ai vu ! J'ai passé l'âge ! Sors d'ici si t'es un homme !

Elle se tient là, pieds écartés, mains sur les hanches, comme un cow-boy qui ne bougera pas. Joseph l'épie entre deux valises qui le cachent mal. Il sort sur la pointe des pieds. Et approche timidement. Un peu comme un échassier.

— T'as pas fini de faire le nigaud ! Tu croyais quoi ? Que t'allais pouvoir m'éviter ? Non, mais ! On ne me zappe pas comme ça, mon coco !

Joseph, à découvert, voudrait que quelqu'un le ramasse, comme il le fait avec les objets trouvés, et le mette dans une grande caisse, là, sur un rayonnage, invisible. Il a la tête si basse que son menton touche pratiquement sa poitrine. Il se sent tellement piteux.

— Bon, on ne va pas se raconter d'histoires, toi et moi, on n'en est plus là. Nous avons été très blessés, Jules et moi. Elle n'y est pas allée avec le dos de la cuillère, faut dire ! Après, les bêtes sont solides ! Et on ne va tout de même pas s'en laisser conter par une gamine de onze ans, que diable !

Adèle s'avance et relève le menton de Joseph d'un index musclé. Elle rencontre les yeux délavés, fuyants, et les accroche.

— Ça fait plus de vingt ans qu'on est amis, Joseph, ce n'est pas une petite dispute qui va mettre fin à ça, quand même ? On en a vu d'autres, non ?

Adèle vient d'exposer la plus grande crainte de Joseph. Que leur amitié soit morte. Qu'Adèle lui tourne le dos à jamais. Les liens se rompent si vite, d'un coup de ciseaux maladroit, pour des incompréhensions, des blessures, des erreurs. Joseph attrape les avant-bras d'Adèle de ses fortes mains. Il la tient ainsi pour lui dire qu'il ne la laissera jamais partir. On dirait qu'ils dansent un drôle de slow immobile. Il n'a pas osé se rapprocher davantage pour la prendre totalement dans ses bras. C'est le périmètre de Jules, pas le sien. Au bout d'un certain temps, Adèle se détache, ses muscles sont endoloris, et tout ce qui devait être dit sur la nature de leur lien, même sans paroles, l'a été. Elle reprend, en se frottant les bras :

— Bon, soyons pragmatiques, la méthode « humour » n'a pas trop fonctionné, enfin je n'ai pas eu vraiment l'occasion de la mettre vraiment en pratique, tu me diras. Jules, c'était encore pire. Bref. Faut passer à autre chose. Un truc un peu plus costaud.

Elle ne se frotte plus les bras, elle remonte ses manches, comme pour se mettre à l'ouvrage immédiatement. Ça urge ! Aux grands maux les grands remèdes ! Adèle est prête pour la confrontation. Elle n'a pas le temps d'exposer à Joseph la nouvelle méthode forte, quelqu'un tousse derrière elle. Elle fait signe à Joseph qu'elle le rejoindra plus tard, pour lui expliquer tout ça dans les détails.

— Bonjour, monsieur, dit une jeune femme brune dans un manteau rouge. Je crois que j'ai oublié mon téléphone portable dans un train il y a trois jours. Je l'ai cherché partout, je ne vois que ça.

— C'est quoi, comme modèle ? demande Joseph.

— Un Samsung Galaxy. Dans une coque vert anis.

C'est précis. Joseph tape sur le clavier de l'ordinateur. Il n'a jamais été très habile pour cette tâche, ses doigts sont trop gros pour les touches, ils empiètent souvent sur celles d'à côté. Il parvient à trouver l'information. Effectivement, un Samsung Galaxy lui a bien été rapporté jeudi dernier, il est enregistré et rangé. Joseph fait un bon sourire à son interlocutrice et s'en va chercher l'objet. Mais il n'est pas dans le carton. Joseph le vide, sort un à un tous les modèles, rien de rien. C'est la première fois que cela lui arrive. La sueur perle à son front. Il est tellement perturbé par le nouveau comportement de Gabrielle qu'il fait n'importe quoi ! Il cherche à côté du carton, il cherche en dessous, au-dessus, sur les autres étagères, rien. Le manteau rouge attend. Il va falloir raconter quelque chose.

— Mademoiselle, non, je suis désolé, on n'a pas retrouvé votre téléphone.

Joseph ne regarde pas son interlocutrice dans les yeux. Il fixe le premier bouton de son manteau, tout en haut, près de son cou. Mentir effrontément, c'est quelque chose qu'il n'a jamais pu faire.

— Vous êtes sûr ? J'ai cru que...

— Non, vraiment, désolé.

— Bon, et bien tant pis. Merci, monsieur.

Il est tombé sur une gentille. Une qui n'insistera pas. Qui ne retournera pas sa frustration contre lui. Une qui aime le vert anis. Mais Joseph sait qu'ils sont une espèce rare. Il a eu de la chance.

La personne derrière elle a l'air moins sympathique.

— Pareil. Mais un iPhone 6. Coque en cuir noir. Perdu vendredi vers 10 h 48. Train venant de Meaux.

« Bonjour », « S'il vous plaît » sont des mots inutiles pour la femme pressée qui lui fait face. Qui regarde l'écran de son téléphone sans lever les yeux vers son interlocuteur. Qui a une voix de téléphone, d'ailleurs. Elle a donc deux téléphones. Elle en a perdu un, mais il lui reste l'autre. Ouf. Même l'imprévu est sous contrôle. Joseph, face à ce genre d'individu, revêt sa carapace et applique la procédure : ordinateur, numéro, rayon, caisse. Là encore, il ne retrouve pas l'objet cherché.

Il revient. Et affirme :

— Rien. RAS.

La femme lève enfin les yeux vers lui. Outrée qu'on lui parle avec tant de désinvolture, sans y mettre les formes dont elle se passe quand elle s'adresse aux autres. Elle tourne les talons et son indignation la suit.

Quand Adèle arrive avec deux parts de quiche et deux salades dans deux boîtes en plastique, elle trouve Joseph avec une lampe frontale, fouillant les recoins des étagères, déplaçant des piles de livres, vidant des cartons de vêtements. Il y en a partout, c'est un sacré fouillis.

— Tu cherches quelque chose ?

— Des choses, marmonne-t-il.

— Des choses comme quoi ?

Adèle avance pas à pas. C'est la bonne méthode avec Joseph. Elle aurait pu être Socrate en son temps, capable de faire accoucher son interlocuteur de ses pensées les plus absconses. Joseph montre sur l'ordinateur deux lignes correspondant aux deux téléphones qui ont été perdus. Puis il reprend ses recherches erratiques.

— Bon, tu viens là, tu te poses, et tu manges. Ta machine tourne à vide, tu vas devenir dingo ! Tu n'as jamais rien perdu. D'ailleurs tu es responsable du service des objets trouvés, c'est tout dire. Quand les gens perdent quelque chose, c'est toi qu'ils viennent voir !

Joseph opine. C'est vrai ça. Si c'est lui qui trouve, ce n'est pas lui qui perd. C'est logique. Les choses vont rentrer dans l'ordre. Joseph croque dans sa part de quiche. Adèle expose alors sa méthode forte, à base de serrage de vis, d'autorité réaffirmée, de couvre-feu si besoin, de privation de téléphone si nécessaire (« c'est radical, tu vas voir »). Enfin l'idée principale c'est de rappeler « qui c'est le patron ». Joseph a du mal à envisager les relations père-fille comme un rapport hiérarchique employeur-employé, mais comme il ne sait plus du tout comment s'y prendre, cela lui donne au moins un cadre sur lequel s'appuyer. Il s'essuie doucement la bouche avec sa serviette en papier, il est prêt pour le modèle pyramidal. Adèle rejoint son bastion, le ventre plein, satisfaite d'avoir conseillé Joseph en matière d'éducation.

Alors qu'il tente encore de mettre la main sur les deux portables égarés (ça le turlupine quand même cette histoire, ils doivent bien être quelque part), un ado arrive, démarche chaloupée, jean au milieu des fesses, donc entrejambe au-dessus des genoux, casquette, sourire, décontraction, jeunesse. Joseph lui rend son sourire, tout en jetant un œil à son propre pantalon gris, bien ceinturé au niveau de la taille. Un peu plus haut peut-être même. Il le descend de quelques centimètres. Si cela peut le délester de quelques années… Et le faire ressembler à quelque chose, comme dirait Gabrielle.

— 'Jour.

— 'Jour, répond Joseph par mimétisme.

— Je cherche mon portable, un Huawei Mate 10 Pro. On m'a dit qu'il fallait venir ici, que vous aviez tous les téléphones.

Joseph sourit. Il a « tous » les téléphones ! Les jeunes exagèrent toujours ! Si seulement il pouvait les avoir « tous », en retrouvant les deux qu'il a égarés ! Joseph tapote, le téléphone apparaît dans son stock, il va le chercher, un mauvais pressentiment le précède. Effectivement, le portable n'est pas dans la boîte. « Et de trois ! concède Joseph. Je suis vraiment bon pour la casse ! »

— C'est la caverne d'Ali Baba, vot'truc ! Sérieux ! entend-il soudain.

Le gamin est juste derrière lui, il l'a suivi. Joseph fronce les sourcils, il n'a pas à être là, c'est interdit. Il lui montre le panneau. L'ado s'en moque et continue à déambuler entre les rayonnages.

— ’Y a de tout ici, c’est la folie ! Vous avez un stock de malade ! Je peux me servir ?

— Non, rétorque sèchement Joseph.

— Ben, si vous n’avez pas mon téléphone, je peux en prendre un autre, on s’en fout, non ?

— Non, répète Joseph.

Il devrait rajouter que les personnes ont un mois pour récupérer ce qui leur appartient, qu’on ne prend pas les affaires des autres, que ce n’est pas bien, et tant d’autres phrases inutiles… Mais il préfère pousser le jeune vers la sortie, courir vers la cafét’ d’Adèle, sa révélation ardente en bouche. Qu’il lui jette, car elle le brûle :

— Je… je crois qu’elle vole…

18
La visitation

Joseph monte les escaliers deux à deux et entre en trombe dans son appartement. Gabrielle n'y est pas. Il va pouvoir en avoir le cœur net. Il se met à fouiller dans ses affaires. Il n'a pas à chercher longtemps. Sous le lit, dans une boîte à chaussures, se trouvent six téléphones. « Voleuse, soupire Joseph, mais amatrice. » Et cela le rassure un peu. Même s'il prend la pleine mesure d'un constat plus lourd : Gabrielle a envoyé valser la loi et la morale. Les questions remontent alors : à quel moment cela est-il parti en vrille ? Qu'est-ce qu'il n'a pas vu ? Pourquoi, depuis cet été, le renfermement, l'hostilité et maintenant les larcins ? Pourquoi le rejeter, lui et tout ce qu'il lui a transmis ? Il ne voit pas ce qu'il a pu faire pour que leurs valeurs s'évanouissent ainsi…

Il trouve également une autre boîte à chaussures en continuant à tâtonner sous le lit. Il en sort une enveloppe et un petit objet enroulé dans du papier de soie rose. Il reconnaît les présents offerts à la gare par la mère de Gabrielle. Il les avait déposés sur l'étagère de la bibliothèque en vidant ses poches. Gabrielle les a trouvés et les a pris. Il défait délicatement l'emballage. C'est un drôle d'objet en fer.

Une sorte de fourche. Joseph finit par reconnaître un diapason. Il y en avait un en prison à l'atelier musique. La lettre doit expliquer le pourquoi de cet objet. Il tient l'enveloppe dans ses mains, mais ne s'autorise pas à l'ouvrir. Cette lettre ne lui est pas destinée. Il la repose. Puis la reprend. Ce n'est pas bien, mais tant pis, il veut savoir, il veut comprendre.

Ma chérie,

Tu grandis.

Et le monde autour de toi grandit aussi. Les questions paraissent des montagnes. Frappe cet objet sur quelque chose de dur. Tu entendras une petite réponse. Une note qui dit que je pense à toi. Tout le temps.

Il n'y a pas de signature. Pas de nom. Le fantôme ne s'incarne pas. Mais il fait entendre une petite musique, il témoigne d'une présence discrète et ténue. Un *la* qui constitue un repère dans une existence tourmentée. Un son immuable dans les méandres de Gabrielle. Joseph tape le diapason sur le montant du lit. La note s'élève et le rassérène dans la nuit qui tombe. Il remet la lettre qu'il n'avait pas le droit de lire dans l'enveloppe, emballe le diapason et replace la boîte sous le lit. Il se lève lentement et va se préparer un café. Il sait que Gabrielle ne va pas rentrer tout de suite.

Il aligne les téléphones sur la table, s'assoit, croise les doigts et attend. Il ne mange pas, il ne met pas la lumière, il attend.

Elle finit par rentrer.

— 'tain mais on ne voit rien là-dedans, peste-t-elle.

Elle appuie sur l'interrupteur et quand elle le voit, elle comprend immédiatement. L'alignement géométrique des téléphones, l'attitude de Joseph sont des indices assez clairs. Elle est découverte. Joseph espère sa gêne, ses larmes, son repentir. Elle choisit l'arrogance. L'ange déploie son aile noire. En mini-short en jean, T-shirt au-dessus du nombril, yeux maquillés, queue-de-cheval perchée, chaîne autour du cou, grosses baskets aux pieds.

— Ben quoi ? Qu'est-ce que tu croyais ? balance-t-elle en prenant des poses et en faisant traîner les finales de chaque mot. Que j'allais rester une gentille petite fille toute ma vie ? À vivre bien sagement dans la toute petite maison des trois ours ? Ben non ! Je suis une sale voleuse ! Et tu sais quoi, si ça se trouve c'est dans mes gènes. Tu ne sais pas ! Tu n'en sais rien. C'était peut-être une voleuse, ma mère ? Ou mon père d'ailleurs !

Les mots s'enfoncent directement dans le cœur de Joseph. Il n'est pas armé contre eux, car il n'avait pas prévu de se défendre un jour contre Gabrielle. Ils traversent sans peine sa cuirasse tendre. Il ne les a pas vus venir. Son « père » ? Mais enfin, il croyait bien que son « père » c'était lui. C'était la place, l'emploi qu'il avait pris en la recueillant un soir d'hiver. Ce qui avait rendu leurs vies vivables et presque jolies. Et là, elle lui parle d'un autre ? Dont elle ignore tout et qui aurait droit à ce nom de « père » ? Sans avoir jamais rien fait pour elle ?

Soudain, sans même s'en apercevoir, Joseph se met à pleurer. Ou, comme le disent les enfants, ce n'est pas lui qui pleure, mais seulement ses yeux. Ça serpente sur ses joues creusées, ça effleure sa peau sèche. Il ne cille pas, n'essaie pas de retenir l'eau dans ses paupières. Il attend simplement que ça coule, que ça passe, comme il attendait qu'elle arrive, qu'elle lui explique. Il est resté à la même place, les coudes sur la table, il n'a pas bougé d'un pouce.

Gabrielle le dévisage. Elle fait un pas vers lui, qu'elle annule aussitôt par un demi-tour et de grandes enjambées vers la porte. Elle la claque brutalement. Joseph entend son pas lourd, les baskets maudites, qui dévalent l'escalier. Il reste toute la nuit attablé, et le train de 6 h 27 pour Nancy vient le cueillir à sa table, hébété de fatigue.

Quand il arrive à la gare le lendemain, il titube. Le café brûlant le conforte un peu sur ses jambes, mais le silence le ramène à la gravité de la situation. Adèle n'essaie même plus de babiller, de bavarder, de fabriquer un fond sonore qui fait sortir chacun de sa propre tête. Non, désormais, ils sont enfoncés dans les soucis.

Elle l'accompagne à petits pas jusqu'à son bureau. Ils ont pris vingt ans. Ils avancent, tassés, l'un servant d'appui à l'autre. Amin est là qui les attend devant le rideau de fer, avec sa tête des mauvais jours, des jours à histoires, des jours à tourments.

— Manquait plus que lui, murmure Adèle.

Joseph acquiesce. Amin resurgit, comme ces oiseaux de malheur qu'on croit à jamais envolés et qui fondent sur leur proie qu'ils n'ont cessé de surveiller de leur œil malveillant et avide. Comme les buses d'Ardèche perchées sur les hautes clôtures.

— Ça va vous deux ? demande Amin, avec l'air de celui qui se moque tout à fait de la réponse, mais cherche une entrée en matière un peu formelle pour déverser son poison.

— Te fatigue pas, Amin, lui répond Adèle qui n'est pas dupe. Crache ta Valda ! T'es là pour quoi ?

— Alors hier, j'étais dans ma boutique et 'y avait une dame très énervée qui parlait très fort de son portable qui n'avait pas été retrouvé, et qu'elle pensait qu'en fait aux objets trouvés de la gare, 'y avait sans doute un trafic parce qu'elle avait bien vu que son téléphone il avait été enregistré, mais que bizarrement on ne le retrouvait pas, et que celui qui s'en occupait, là, avec ses airs de pas y toucher, genre bon gars de la campagne, elle était bien sûre qu'en fait il refourguait la marchandise à elle ne savait pas qui pour se faire de l'argent, que ça ne l'étonnerait pas du tout.

La phrase est longue, pleine de virages et d'insinuations. Le sourire d'Amin est à l'avenant, faux, venimeux, mielleux. Il poursuit :

— Bon, moi, j'ai bien ma petite idée sur ce qui se passe ici aux objets trouvés. Je l'ai vue la petite, elle a bien grandi d'ailleurs. Elle va, elle vient, la tête baissée, l'air louche. Ce n'est pas faute de vous avoir prévenus. Dès le début je le savais, moi, que cette tache noire dans le dos, ce n'était pas bon signe, qu'elle allait vous apporter le malheur. Et aujourd'hui, ça ne m'étonnerait pas qu'elle soit mêlée à tout ça…

Joseph lève le rideau de fer. Cela lui donne le temps de réfléchir à ce qu'il va faire. Adèle le regarde, inquiète. Il ouvre la porte en verre et pénètre dans son antre. Au moment où Amin passe le seuil, Joseph le saisit par le col, le soulève et l'emporte vers les rayons. Adèle referme la porte précipitamment. Joseph porte Amin devant lui, de ses deux bras, tendus, puissants, comme on tient un trophée. S'il y avait des crochets aux étagères, il l'y pendrait, comme un quartier de viande. Ou le mettrait sur un cintre, comme les vestes nettoyées chez le teinturier. Amin se débat, hurle, mais l'emprise est ferme. Les bras ne tremblent pas, la voix non plus :

— Alors tu vas m'écouter bien attentivement, Amin. Parce que je ne le répéterai pas deux fois. Si tu parles de ça à quelqu'un, je t'écorche et je te vide comme un lapin. Toi et les tiens.

Amin est blême. Ses jambes qui s'agitaient dans le vide pendent maintenant comme deux saucisses molles. Ses yeux paniquent, cherchent un soutien. Ils croisent ceux d'Adèle qui ne le réconfortent pas, mais envoient une autre dose de menace. La main droite de Joseph se déplace et vient serrer son cou. Amin s'agite à nouveau. Ce fou va le tuer !

— J'ai fait de la prison, tu le sais ça, Amin, reprend Joseph calmement. Tu sais tout toi, de toute façon, t'es un malin. Et en prison, on apprend des tas de choses…

Joseph décide de ne pas finir sa phrase. Il a compris que certains sous-entendus pèsent davantage que les mots, qu'ils ouvrent sur une imprécision encore plus angoissante que la réalité même.

— C'est… bon… Jo… Joseph… c'est bon… parvient à articuler Amin.

Joseph le fait redescendre lentement, en le regardant droit dans les yeux. Amin s'écroule à genoux et tousse tout ce qu'il peut en se tenant la gorge.

— T'es un grand malade, toi, expectore-t-il.

— Parfaitement, conclut Joseph, qui a retrouvé sa parcimonie langagière.

Amin se lève péniblement et sort de la boutique, épouvanté, se retournant plusieurs fois, comme si les anges noirs s'étaient multipliés par trois. Joseph s'ébroue comme un chien qui sort de l'eau. Il veut se débarrasser du mal qu'il vient de faire. Adèle s'approche de lui :

— Ouah ! fait Adèle. Faut pas t'énerver, toi !

— Non ! crie Joseph, toujours irrité.

— Je ne savais pas ! Dis donc, heureusement que je t'ai jamais agacé ! Tu m'aurais suspendue comme un lapin à un croc de boucher !

— T'as eu de la chance en effet !

Et Joseph sourit. Il n'y a bien qu'Adèle qui arrive à lui faire sortir une blague après une scène d'une telle tension. Il n'y a qu'elle qui puisse assister à ce déploiement de violence sans prendre peur ni remettre en cause la douceur fondamentale de Joseph.

Elle va leur préparer un thé dans le coin de Joseph. Ils s'installent tous les deux et devisent tout bas, en soufflant sur leur breuvage brûlant, à la recherche de solutions pour que les choses rentrent dans l'ordre, comme si les vapeurs d'eau chaude allaient aérer leurs esprits tendus. Joseph range les six portables volés dans le carton prévu à cet effet. Il compte tous les téléphones. D'après le registre dans l'ordinateur, il en manque encore deux. Avec un peu de chance, personne ne les demandera. Oui, mais la chance, en ce moment, faut pas trop compter dessus. Gabrielle doit rendre ces deux téléphones. Et si elle ne veut pas, on doit la forcer ? Lui faire le coup de la surélévation comme Amin ? Non, il ne pourra pas, pas à son enfant. Est-ce son enfant encore ? Et si elle voulait partir ? Si elle ne voulait plus de lui comme père ? Après tout, il n'a aucun droit sur elle… Comment exiger quoi que ce soit quand on est si peu sûr du lien ? Ils s'épuisent en hypothèses hasardeuses, en scénarios compliqués, en répliques définitives, qui resteront certainement dans cette salle de répétition qu'est devenu le service des objets trouvés.

Le soir venu, Joseph rentre chez lui sans avoir avancé d'un pouce sur la conduite à tenir. Il a mis la main sur trois téléphones dans des trains désertés et, pour la première fois de sa vie, il ne les a pas consignés dans le registre. Ça pourra toujours servir. À remplacer les vols, à obtenir de l'argent, il ne sait pas trop.

Il n'a pas besoin de tourner la clé dans la serrure. Elle est rentrée. La lumière est allumée, la soupe chauffe, il devine sa silhouette au travers du paravent. Elle semble assise sur son lit, immobile. Il met un disque. Ravel. *Gaspard de la nuit. Ondine*. Le Piano Liquide. Il aurait besoin de nature, il irait au bord de l'eau, il entendrait chanter la rivière, les oiseaux, il s'assoirait dans la mousse, il lancerait des cailloux, et la paix tomberait avec le soir. Il rentrerait à la ferme, lavé, serein.

L'ombre de la minuscule devenue grande ne bouge pas. La soupe est chaude. Il sert deux assiettes. Il s'installe. Et tape doucement avec la louche sur la casserole pour signifier que le repas est prêt, qu'elle peut venir. Elle s'avance, s'attable et commence à manger, tête baissée. Le silence est semblable à celui de son enfance. Joseph a l'impression de revenir des années en arrière, après la mort de son père, aux myriades de dîners oppressants qui ont suivi. On aboutit toujours aux mêmes choses, constate-t-il : le malheur, la distance, la solitude.

19

Le visiteur du soir

Soudain, on frappe à la porte. Un coup. Puissant. Et puis plus rien. Joseph doute d'avoir entendu quelque chose. Gabrielle a relevé la tête. Un deuxième coup. Sec et fort. Joseph va ouvrir. Un homme se tient là, massif, un long manteau marron élimé sur les épaules, un gros sac sur son dos. Brun, très chevelu, les sourcils et la barbe fournis, il dépasse Joseph d'une bonne tête et des deux épaules.

— Bonjour, Joseph, lance l'homme d'une voix forte.

— Bonjour, Jean-Pierre, répond Joseph.

Les deux gaillards s'observent avec attention et un peu d'étonnement.

— Tu m'avais dit que si un jour j'avais besoin, je...

La voix chevrote un peu, et la prestance naturelle de l'homme vacille.

— Entre, le coupe Joseph. Sois le bienvenu.

Tant de mots qui sortent de la bouche de Joseph, Gabrielle s'approche.

— Ha, mais t'as de la compagnie ! s'exclame Jean-Pierre. Je dérange ?

— Pas du tout. Je te présente ma fille, Gabrielle.

Joseph doute de la véracité de cette phrase, qu'il aurait pourtant prononcée sans hésitation quelques mois plus tôt, mais il n'en trouve pas d'autres sur le moment.

— Ça pour une surprise ! Moi, c'est Jean-Pierre, dit l'homme en s'avançant vers elle, main tendue. Elle s'en saisit, sans parvenir à attraper tous les doigts. L'homme a une sacrée poigne.

— Vous étiez en train de dîner ? s'enquiert le visiteur.

Il a faim. Cela se voit à ses yeux qui fixent les assiettes, à son nez qui hume l'odeur de la soupe, aux pas qu'il a déjà faits pour rejoindre la table. Joseph ne s'y trompe pas.

— Assieds-toi donc ! l'invite-t-il, tout en sortant une assiette supplémentaire de l'armoire et en tirant une chaise du coin de la pièce.

L'homme s'attable et, sans qu'on le prie davantage, attaque la soupe brûlante à grands coups de cuillère. Joseph lui a coupé une large tranche de pain. Jean-Pierre nettoie son assiette avec. Joseph la remplit à nouveau.

— Elle est bonne, ta soupe ! Je me souviens que t'en parlais souvent là-bas !

Là-bas. Il y a longtemps. Un lieu et une période de leur vie qu'ils ont cherché à ensevelir et à oublier. Mais qui remontent parfois, comme un cadavre insuffisamment lesté.

— Là-bas où ? les interroge brusquement Gabrielle.

Les deux hommes se consultent, embarrassés.

— Petite, je ne crois pas que ton père ait très envie qu'on parle de ça… glisse finalement Jean-Pierre.

— Si, vas-y. Raconte-lui.

Joseph se dit que c'est le moment. Quitte à ce que tout disparaisse, le peu d'estime que Gabrielle a encore pour lui, le soupçon d'amour qu'elle éprouve peut-être.

Un autodafé de leurs jolis souvenirs, un feu de ce qu'ils ont construit ensemble. Jean-Pierre va gratter l'allumette. De toute façon, pour ce qu'il reste à détruire… Il est reconnaissant à son visiteur de le faire, il n'en aurait jamais eu le courage.

— Comme tu le sais, ton père a fait de la prison. C'est là qu'on s'est rencontrés.

Jean-Pierre comprend, à la tête de Gabrielle, qu'elle ignorait cet épisode de la vie de son père. Toute morgue l'a quittée. Adèle dirait qu'elle fait moins la maligne.

— Ha, apparemment, tu savais pas. De toute façon, 'y a pas de honte à avoir, dans la vie on fait des conneries, et après on les paye, c'est comme ça. Enfin dans le cas de ton père, c'est même pas vrai vu qu'il n'avait rien fait. Il a payé pour rien.

Gabrielle regarde maintenant Joseph à la dérobée.

— On nous a mis dans la même cellule à la maison d'arrêt de Privas, en Ardèche. Enfin moi j'y étais depuis un certain temps, et quand ton père est arrivé, avec sa gueule d'innocent, je me suis dit, celui-là, il tiendra pas trois jours. Il avait beau avoir une bonne carcasse, c'était du tendre à l'intérieur. Trop tendre. Il allait se faire bouffer.

Gabrielle se lève lentement et se met à arpenter la pièce. Ses pas s'enfoncent dans le tapis persan. Ils vont et viennent, pour digérer ce qui est entendu. Touille slalome entre ses jambes.

— Du coup, j'l'ai pris sous mon aile. 'Y avait pas que des sympas à la prison, 'y avait même des sacrés tarés. Les « pointeurs », qu'on les appelait, ceux qui font du mal aux gosses et aux gamines.

Les pas de Gabrielle se sont arrêtés. Joseph n'ose pas se retourner pour voir son visage.

— Bref, on s'est fait notre petite vie, moi j'guettais les coups fourrés des uns et des autres, j'empêchais qu'il soit rackett é ou passé à tabac, juste pour le plaisir. Et ton père, en échange, il a fait beaucoup plus, beaucoup mieux : il m'a appris à lire.

Gabrielle touche les livres de la bibliothèque, tous ceux qu'ils ont récupérés aux objets trouvés, tous ceux que Joseph lui a lus, puis ceux qu'elle a commencé à lire toute seule.

— Oui, je sais, ça peut surprendre, mais je savais pas lire. Moi, l'école, ça a jamais été mon truc, alors j'ai vite pris la tangente et je suis resté aider à la ferme. Du coup, les lettres, pour moi, ça voulait rien dire. Eh bien, ton père, tous les jours, il me les a apprises. Il avait une patience ! Parce que moi, mon problème, c'est que je m'énerve vite ! J'ai le sang chaud ! Ça aussi, il m'a appris d'ailleurs, à me calmer un peu. Il me racontait des histoires, de son enfance, quand c'était bien, avant que son père meure. Quand il parlait de sa rivière, de ses arbres, de ses bêtes, c'était tellement bien que j'avais l'impression d'y être. Il a un vrai talent ton père !

Gabrielle fixe intensément Joseph, maintenant. Il le sent. Deux yeux dans sa nuque, comme deux rayons brûlants. Que peut-elle penser ? Le pire, certainement. Comment estimer quelqu'un qui a fait de la prison ? Et puisqu'elle le déteste déjà, sa haine ne pourra qu'être confortée par ce récit catastrophique.

— Et les deux ans sont passés plus vite, grâce aux histoires. Le jour où il est parti, je me suis senti bien con, bien seul. Mais heureusement, comme je savais lire, j'avais de la compagnie. J'te dois une sacrée chandelle, mon Jojo ! Si j'suis pas devenu complètement taré, c'est grâce à toi !

Jean-Pierre pose sa grande main sur l'épaule de Joseph. Il la couvre entièrement. Joseph, à son tour, pose sa main sur celle de Jean-Pierre. Et la tapote gentiment. Ces gestes sont le témoignage le plus abouti et le plus impudique de leur amitié. Ils n'iront pas plus loin. Ils en sont incapables.

— Bon, conclut Jean-Pierre, enfin, c'est du passé tout ça ! Quand j'suis sorti, tu sais ce que j'ai fait, j'suis allé voir ta mère, direct. T'avais tellement bien décrit les lieux que j'ai tout de suite reconnu. Elle aussi d'ailleurs ! Une sacrée bonne femme ! Bon, elle m'a accueilli avec la carabine, mais après elle s'est détendue... Elle m'a même embauché pour l'aider à la ferme, et après elle m'a trouvé un boulot !

— Ah ! s'étonne Joseph.

— Oh, elle ne t'en a pas parlé ? Ce n'est pas une bavarde, faut dire ! Comme toi ! Hein ! Les chiens font pas des chats !

Joseph se reçoit une bonne tape dans le dos. Gabrielle s'approche et observe leur étrange complicité.

— Bon, mais là j'ai des envies d'ailleurs ! J'veux me balader un peu ! J'suis resté enfermé dix ans, faut que j'me bouge, que j'voie du pays, que j'me cultive un peu. Et à Paris, 'y a pas mal de choses à voir ! La vie avance, tout ça, et j'voudrais pas mourir trop bête. Du coup, ta mère m'a donné ton adresse et j'suis venu comme ça, sans prévenir, sans m'annoncer. Mais si je gêne...

— Vous ne gênez pas du tout, le reprend Gabrielle. Nous sommes très heureux de vous accueillir chez nous. Hein, papa ?

Papa est muet. Papa est bouleversé. Papa se remettrait bien à pleurer, mais du point de vue lacrymal, aujourd'hui, il a déjà tout donné. Il se contente de se lever, de serrer la main de Jean-Pierre et de dérouler une couverture qui lui servira de matelas, tandis qu'il laissera son lit à leur invité.

— Ça me rappelle quelque chose, les deux lits comme ça côte à côte, plaisante Jean-Pierre en se couchant. Enfin, c'est un peu plus grand et un peu plus sympa ici, ajoute-t-il en riant, avant de se tourner vers le mur et de tomber brutalement dans le sommeil.

Joseph est allongé sur le dos. La vie lui fait décidément de drôles de surprises. Elle joue avec ses nerfs et ses émotions. Quand tout semble installé, elle donne un bon coup de pied dans l'ordre apparent. Quand tout semble chaotique, elle fait apparaître de sacrés revenants qui remettent les choses en place. Il scrute, au travers du paravent, le lit de la minuscule dans un coin éclairé par une petite lampe. Elle ne dort pas non plus. Il voit l'ombre chinoise de son corps étendu.

— Jean-Pierre a oublié de préciser quelque chose sur nos années en cellule, chuchote-t-il assez fort pour être entendu. Il ronfle.

Joseph entend le petit rire étouffé de Gabrielle, qui s'élève derrière le pan de papier. Il sourit. Ils ont retrouvé ce qui était perdu.

Remerciements

L'auteur tient à remercier ses premiers lecteurs qui l'ont accompagnée et soutenue dans l'écriture de ce roman, lorsqu'il était encore un projet de roman « jeunesse » dans le cadre du feuilleton des Incos :

les 4eB du collège le Chamandier de Gières (38),

les 4e « Tous Égaux » du collège Pierre-Brossolette de Chatenay-Malabry (92),

les 4e1 du collège Paul-Gauguin de Paris 9e,

« Les lecteurs » de Jean-Guiton 1 de la Rochelle (17),

« Les explorateurs » du collège Pablo-Picasso de Montesson (78),

« Les lecteurs » du collège Paul-Eluard de Bonneuil-sur-Marne (94).

Imprimé en France par CPI
en mars 2020
N° d'impression : 157627

Composition et mise en pages
Nord Compo à Villeneuve-d'Ascq

R15472/01